相棒はスライム!?

My buddy is a SLIME!?

～最強の相棒を得た僕が最強の魔法を使って成り上がる～

なんじゃもんじゃ

イラスト

らむ屋

「まあ、見ていろよ。……変身！　超美形AC－02A！」

プルルンと揺れたスーラから、眩《まぶ》しい光が放たれた。僕は思わず目を覆う。

「ほい、完了だ」

僕はスーラのその声で目を開けた。

「え！？」

「ユリア・アイゼンにございます。サイドス陛下におかれましては、ご機嫌麗しく、お慶び申しあげます」
僕の前に現れたのは、美しい金色の髪の毛を腰まで伸ばし、透き通るような白い肌をした青い目の姫だった。
不覚にも僕は、ユリア殿の美しさに目を奪われてしまった。

相棒はスライム!?

My buddy is a SLIME!?

〜最強の相棒を得た僕が最強の魔法を使って成り上がる〜

なんじゃもんじゃ

イラスト
らむ屋

相棒はスライム!?
My buddy is a SLIME!?
～最強の相棒を得た僕が最強の魔法を使って成り上がる～

CONTENTS

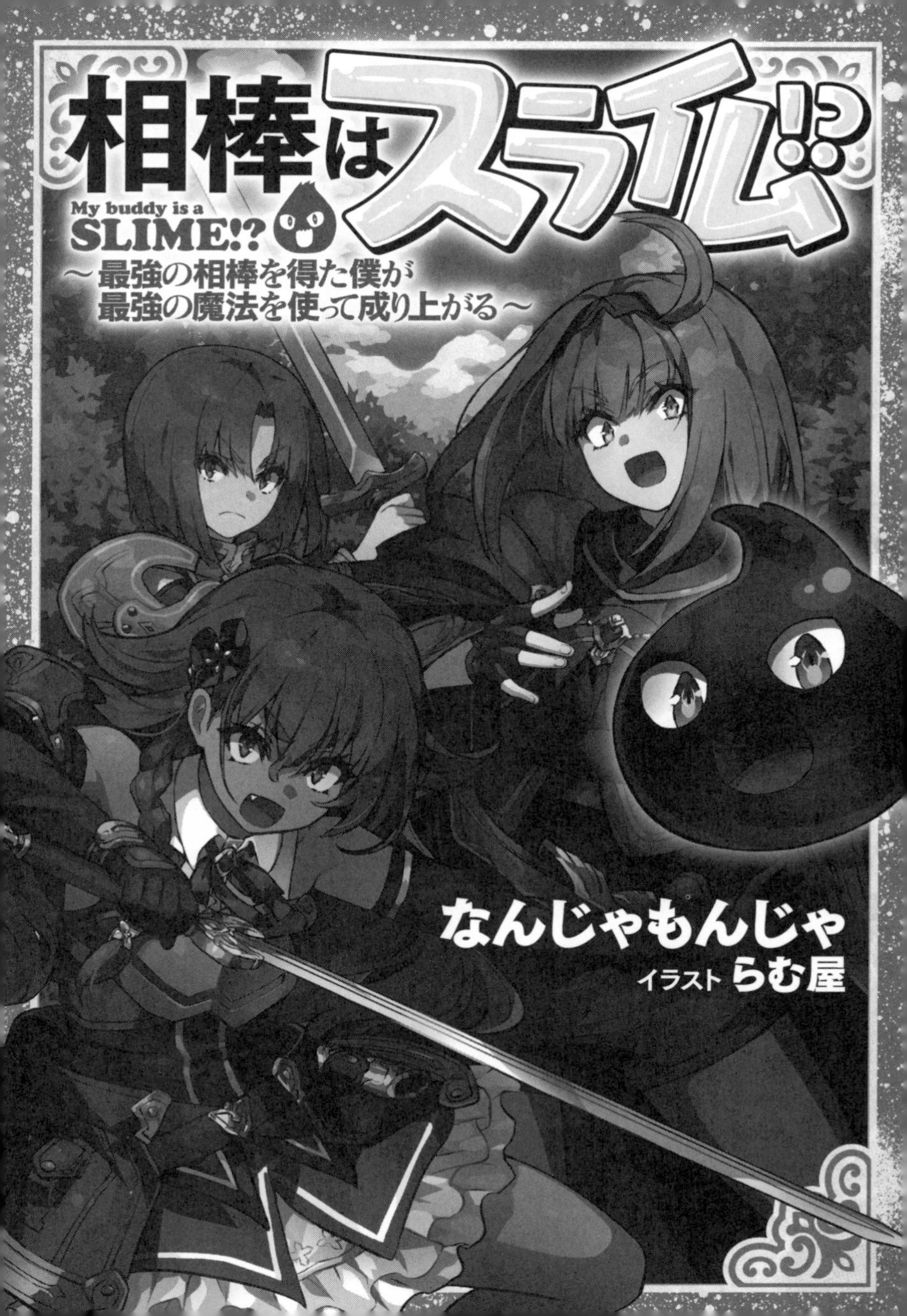
相棒はスライム!?
My buddy is a SLIME!?
～最強の相棒を得た僕が
最強の魔法を使って成り上がる～
なんじゃもんじゃ
イラスト らむ屋

■■■■■■■■■■■■■■

000—???　、目を覚ます

■■■■■■■■■■■■■■

まどろみの中、徐々に意識が浮上していく。

どれだけ寝たのかさっぱり分からないが、1日や2日ではないのは間違いない。

「ふわ――――」

俺はぷにぷに柔らかい肌をぷるるんとさせて起き上がった。

起き上がっても視線の高さは変わらないんだが、そんなことは些細《ささい》なことだ。

「しかし、俺を起こしたこの魔力……」

最近、かなり遠くに質のよさそうな魔力を感じていた。

寝ていてもそういうことが分かる俺は、やっぱりすげー。

「そろそろ魔力の主に会いにいくか」

久しぶりに、寝床である大木の根本から出ていく。

「しかし、結構離れた場所にいるな。俺じゃなかったら感じなかったぞ」

大木を見上げる。俺の生まれた場所、俺の育った場所、そして俺が帰ってくるべき場所、それがこの大木の世界樹だ。

「今度は何年後に戻ってこられるか分からないけど、また帰ってくるからな」

俺は青々とした葉を茂らせている巨大な世界樹に別れを告げる。

この巨大な世界樹の幹は直径100メートルくらいあるし、高さも300メートル以上あるだろう。

俺が生を受けた時はここまで大きくなかったが、すくすくと生長してこんなにも大きくなった。お父さん、嬉《うれ》しいよ。

この世界に世界樹は数本あるが、これほど大きな世界樹はこいつだけだろう。世界一の世界樹、これが俺の家だ。

体を回転させて地面を転がりながら世界樹から離れる。飛ぶこともできるが、これが俺の本来の移動手段だ。

すでに気づいているかもしれないが、俺は人族ではない。獣人やエルフでもない。

「俺はスライム。スライムのスーラ。世界最強にして至高の存在であり、超絶スーパーな黒いスライム様だ！」

世界樹を離れて、遭遇したモンスターを瞬殺しながら、大陸を横断する。そして、海を越えた俺は、ある大陸に辿《たど》りついた。

「この大陸……。そうだ、ロドスの奴《やつ》がいた大陸か。懐かしいな、あれは何年前だろうか？」

寝ていたので、年月がどれだけ経過したのか、さっぱり分からない。

前回、この大陸にきたのはロドスの奴が生きていた頃だったから、数年前かな？　十数年前かもしれない。

まあ、俺には年月なんて関係ない。

「今度はどんな奴かな、面白《おもしろ》い奴だといいな。ロドスのようなバカはもう勘弁だ」

なぜ、魔力を感じたらそこに向かうのかって？　良質な魔力は蜜の味っていうじゃないか。だから、美味《おい》しい魔力を味わいにいくんだよ。

まあ、良質な魔力を取り込むことで、今でもあり得ない強さを持つ俺は、さらに強くなれるんだよ。あくなき強さへの渇望ってやつだ。

001―貴族の四男、運命の出会い

「あら、貴方《あなた》なんてお呼びじゃないのよ。身のほどを知ることね。おほほほ」

この一言で、僕の上向いてきたと思われた人生は再びどん底、いや、もっと酷《ひど》いものになってしまった。

小領とはいえ男爵家の四男として生まれた僕のために、祖父が進めてくれた縁談。

ケントレス侯爵の仲介によって、アムリス侯爵家の三女であるケリス・アムリスの婚約者になれた。

身分違いの婚約だったことは認識していたけれど、祖父が他界しケントレス侯爵も代替わりしたため、僕はケリス嬢から婚約を破棄されてしまった。

相手は侯爵令嬢だから、弱小男爵家が恥をかかされても、どうにもできなかった。

僕の瞳の色は黒。漆黒の瞳は縁起が悪いと言って、父ヘンドリック・ケンドレー男爵は僕を虐げた。

僕と侯爵家の令嬢との婚約が決まった時は、そんな父もとても喜んでいたんだけど、婚約破棄された後は、父は僕に一層辛《つら》く当たるようになった。

「お前のその顔を見ると胸糞《むなくそ》が悪い。顔を見せるな！」

父にそう言われた僕は、父と顔を合わせることのない納屋で寝起きすることになった。

はあ、どうしてこうなったのだろうか？　僕が何をしたっていうのか？

来年には15歳になって成人することになる。否《いや》応《おう》なしに独り立ちさせられることになるだろう。追い出されるとも言うけれど。

15歳になって独立した僕が、家族から支援を受けられる見込みはない。だから、早い段階で将来の計画を立て、そのための勉強や訓練をしなければいけない。

虐げられていても一応は貴族の息子《むすこ》だから平民の子供に比べて、そういったことを考える時間があるだけマシだと思う。

僕にだって野心はある。たかが小領の男爵家でも、僕は貴族の家に生まれたんだ。

家を継げない僕が15歳になって独り立ちしたら、貴族の子ではなく平民になる。

僕は曲がりなりにも貴族として生まれ育ってきた。だから、必ず成り上がってみせると、自分を奮い立たせている。

そして、僕との婚約を破棄したケリス・アムリスと、僕を虐げるケンドレー男爵を見返してやるんだ。

剣は、婚約する以前から学んでいた。だから成り上がるために、僕は剣を握ることにした。

幸いなことに、僕には魔力がある。以前、家にある魔力の有無を確認するマジックアイテムで確認したから、それは分かっている。

ただ、うちには属性を確認するマジックアイテムはない。かなり高価なものなので、上級貴族でもない限り持っていないのだ。

剣は7歳の頃から続けてきた訓練のおかげで、それなりの腕になっていると思う。多分だけど……。

魔法のほうは、純粋な魔力を放出することはできるが、僕にどんな属性があるか分からないので、それくらいのことしかできない。

現在14歳の僕は、あと1年で家を出なければならない。だから、剣も魔法も毎日必死に訓練している。

「う――――ん、天気がいいね」

背伸びをして、朝の気持ちいい日差しを体中に浴びた。

今日も日課の素振りを朝から1000回行って、昼からは魔法の訓練のために屋敷の北側にある林へ向かう。

林の中には僕が訓練所にしている空き地があって、その空き地は僕が魔法の訓練をするようになってから、どんどん広がっている。

魔力を体に纏《まと》わせて動きをよくしたり、剣に魔力を纏わせて切れ味を上げるくらいのことしかできない。だから、僕が魔法と剣の訓練で林の木を切っているうちに、こんな風に空き地になってしまったんだ。

毎日血が滲《にじ》むような努力をしているんだから、これくらいは大目に見てほしい。

そろそろ実戦を経験したい。今の僕ではまだ力不足だと思うけど、どれくらいの力があるのか知りたい。

「試しに南の森にいってみるかな……」

南の森にはモンスターが多くいて、腕試しには丁度いいと思う。でも、僕の力でモンスターを倒せるかどうかは分からないので、不安もある。

成り上がりたいけど、命は1つしかないから不安になるのは当然だと思うんだ。

「今日、属性魔法を使えたら、モンスターを倒しにいこう……」

魔法には火、水、風、土の各属性魔法があって、他にも特殊な属性がある。自分がどんな属性なのかを知るためには、高価なアイテムで調べるしかない。

魔法が使えるていどに魔力があるのは10人に1人、その中でも実戦レベルで魔法が使えるのは、もっと少ないと言われている。僕が実戦で魔法を使えるほうに入っていればいいんだけど。

そんなことを考えていたら、空き地に到着した。いつものように、丁度いい大きさの石に腰を下ろす。

いつもは剣に魔力を纏わせて木を切ったり、地面を裂いたりしているんだけど、今日は属性魔法の訓練だ。

「火、水、風、土の四属性は今までも試みてみたけど、使えなかった。屋敷にあった本の知識からして、四属性魔法の才能がまったくないことは分かっている。だから今日は、雷と氷を試してみよう」

父の目を盗んで家にあった魔法の本を読んだ。黒い瞳の僕には、魔法の才能なんてないと言っていたアホオヤジだけど、僕には魔力がある。マジックアイテムで確認して魔力があるのは分かっているのに、本さえも見せてくれないクソオヤジだ。そんなアホでクソな父と、あと1年で縁を切れると思うと嬉しくなる。

「ペッ」

思わず唾を吐いてしまった。いけない、この空き地は何も悪くないのに。

「へ〜、大きな魔力があると思ったら、人間の少年じゃないか」

「わっ!?」

いきなり後ろから声をかけられたので、驚いて座っていた石からずり落ちた。

「だ、誰だ⁉」

僕は立ち上がって誰何《すいか》した。でも、後ろには誰もいない。

「誰も……いない？」

「どこ見てるんだよ、こっち、こっちだよ」

「………」

周囲をキョロキョロ見回して、誰が喋《しゃべ》っているのか探した。

「おい、下だよ、下。おいちゃん、泣いちゃうぞ」

僕は下を向いた。

「えっ⁉」

そこには……スライムがいた。

「オッス。俺はスライムのスーラだ。よろしくな！」

「え？　……ぼ、僕はザック・ケンドレー。よ、よろしく……」

僕はスライムに自己紹介なんかして……夢でも見ているのかな？

「少年はザックっていうのか。うん、いい名前だ」

「あ、ありがとう……」

僕がさっきまで座っていた石の上に登った真っ黒なスライムから、にゅーっと手のようなものが伸びてきた。

「ん？　どうした。握手を知らないのか？　友好の証《あかし》だぞ？」

「いや、握手は知ってるけど……。君はスライムだよね？」

「おう、俺はスライムだぞ」

なんだか調子が狂う。いや、これは夢なんだ。僕はアホでクズな父から受け続けた虐待のストレスで、変な夢を見ているんだ。

僕はスライムの手（？）を握って握手した。スライムの手はひんやりとして柔らかな感じがした。

「ははは、リアルな夢だ……」

「おい、夢じゃないぞ。ほれ、感触があるだろ？」

スライムが僕の手を少しきつく握った。

「……えっ⁉　夢じゃないの？」

僕がそう言うと、スライムの手がもう一本伸びてきて、いきなり僕の頬《ほお》を往復ビンタした。

「な、何するんだよ⁉」

「これで夢じゃないと分かっただろ？」

「うぅ……たしかに痛かった……。それじゃ、本当の本当に現実なんだね」

「おう、俺は現実のスライムだぞ！」

真っ黒なスライムは縦横40センチくらいの栗《くり》のような形をしていて、可愛《かわい》らしい目が2つと口がある。黒色であることと喋るということを除けば、普通のスライムだ。

「そんなわけで、俺と契約しないか？」

「いや、どんなわけさ⁉」

唐突に、スライムから契約を持ちかけられた。

「ははは、細かいことは気にするな。禿《は》げるぞ」

「禿げたくはないけど、全然細かいことじゃないから」

「むー、細かいと女にモテないぞ」

「僕の瞳を見たら、女の子なんて近寄ってこないよ」

「ん？　瞳の色？　なんで？　綺麗《きれい》な黒目じゃんか？」

「黒い瞳は縁起が悪いんだよ。だから、誰も僕に近寄ってこないんだ」

「なんだそれ？　そんなこと言ったら、東の大陸は縁起が悪い奴ばかりになるぞ」

「え？　東の大陸？」

「なんだ、東の大陸も知らないのか？　この大陸よりも大きくて、文明も進んでいる大陸だぞ」

「そんな大陸があったのか……。ってか、その東の大陸には、僕のような黒色の瞳の人がたくさんいるの？」

「おう、目だけじゃなくて髪の毛も真っ黒だぞ」

「髪の毛まで真っ黒……」

「この大陸だって、東のほうにいけば黒髪黒目の人間はそこそこいるのに、何を驚いているんだ？」


僕は今まで何を悩んでいたんだろうか？　縁起が悪い？　はんっ、勝手に決めつけて、勝手に縁起が悪いって言っていればいいんだ！　くそー、今までの人生、めちゃくちゃ損した気分だよ。


「さあ、俺と契約しようぜ！」

「いや、だからなんで契約なの？」

「なんだよ、俺と契約したら、めちゃくちゃお得だぞ」

「お得って……」

「俺はこう見えて、すごいスライムなんだぞ」


スライムは最弱のモンスターと言われていて、10歳の子供でも倒せるくらいに弱い。

そんなスライムが、すごいと言っても説得力はないけど、目の前にいるスーラと名乗ったスライムは、たしかに普通のスライムとは違う。普通のスライムは半透明な青い体をして喋らないけど、スーラは真っ黒な体で喋る。

ははは……僕の頭がおかしくなりそうだ。


「仕方ないな。俺と契約したらどんなメリットがあるか、説明してやるよ」

「普通は最初に説明するよね？」

「細かいことは気にするな。足が臭くなるぞ」

「そんなことで足は臭くならないよ！」


スーラは手で僕の肩をポンポンと叩《たた》いてきた。なんだ？


「まだ若いザックには分からないと思うが、年をとると体臭がきつくなるんだぞ」

「そんなの本当に知らないよ！」


いや、知っている。クソオヤジは香水でごまかしているけど、体臭がキツイ。


「って、そんなことどうでもいいから！」

「そんなにカリカリするな。女に嫌われるぞ」

「だから……はぁ……。もういいから、話を進めてよ」


僕は脱力して地面に腰を下ろした。


「よし、まずはデメリットから教えるぞ」

「デメリットもあるの？」

「当たり前だ！　だけど、俺はそのことを隠してザックと契約するほど、クソじゃない！」

「いや、さっき説明なしに契約しようとしたじゃないか!?」

「そんな昔のことは覚えていない！」

「……もういいよ」

「ふふふ、勝った！　俺の勝利だ！」

「もういいから、説明して！」

「はいはい、怒りやすいな。カルシウム足りてるか？」


カルシウムってなんだよ？

002―貴族の四男、伝説に出遭う

「よし、その耳垢だらけの耳の穴をかっぽじってよく聞けよ！　まずはデメリットだが、デメリットは……」

「デメリットは……？」

「ない！」


　僕は地面に座っていたけど、ずっこけた。

「ははは、デメリットなんかあったら契約を渋るだろ？　あるわけないじゃん」

「……」

　僕は座りなおして、スーラをじっと見た。

「……ゴホン。悪かったって、そんな目で見るなよ」

　スーラは反省したみたいだけど、本当にそういうのは要らないから。

「それじゃ、メリットな！　メリットは俺の力の一部を使えることだ」

「力の一部？」

「そう、俺は２つの珍しい属性の魔法を使えるんだ」

「つまり、僕もその２つの魔法を使えるようになるの？」

「ザッツラーイッ！」

「唾を飛ばすなよ」

「あははは、こりゃあ、すまん」

そう言えば、いつの間にかスーラと親しく喋っている僕がいる。

スーラはスライムなのに……。僕に対して敵意がないということが分かるからかな？　それとも、スーラが人懐っこい性格をしているからかな？

「それで、その2つの魔法の属性は何？　珍しい属性なんだよね？」

「チチチ。そんなにせっつくなよ。あっちもせっかちなのか？」

「どっちか分からないけど、せっかちなんかじゃないから」

僕の人生は我慢という言葉でできている。せっかちだったら、とっくにあんな家飛び出しているよ。

「はいはい。それじゃ教えてあげよう！」

「ゴクリ……」

「俺が持つ魔法属性は、重力と創造だ」

「重力と創造……。すごいじゃないか!?　どちらも伝説的な魔法属性だよ！」

「チチチ。伝説的じゃなくて、伝説の魔法なんだよ！　そこんとこ間違えないでくれるかな」

スーラはとても自慢げだ。あ、目と口の間から何かが……鼻!?　鼻が伸びているんだね！

「たしか、隣のレンバルト帝国の初代皇帝だったロドス帝が、重力魔法と創造魔法を使って国を興したって聞いているけど……」

「ああ、ロドスか。あいつは俺と契約して国を興したんだよ。しかし、懐かしい名が出てきたな」

隣国であるこのアイゼン国にもその名が知られ

ている英雄ロドス帝は、今から800年くらい前の人物だ。広大で豊かな土地を一代で支配下におき、レンバルト帝国の礎を築いた人物なんだけど、まさかスーラと契約していたとは……。

「さあ、俺の説明は終わった。契約するよな？」

「……少し考えさせて」

「何を迷うことがあるんだよ？」

「だって、いきなり契約とか言われても……」

「そんな優柔不断だと、いざという時に決断が遅れて後悔するぞ。こういうのは、フィーリングなんだよ。俺が怪しいスライムに見えるか？　俺がザックを騙《だま》しているように見えるか？」

「いや、そういうことで考えたいって言っているわけじゃないんだ」

「だったらなんだよ？」

「僕なんかがスーラと契約していいのかって、思ってさ」

「バカ言ってんじゃねぇよ！　俺が契約したいって言ってるんだぜ、なんでそんな考えになるんだよ！」

僕は、あまりにも突然な話と、そして伝説の魔法という巨大な力を前にして、尻込みしているのかもしれない。

成り上がってやると決めて剣と魔法の訓練をしてきたけど、正直言って魔法のほうは頭打ちだった。それが、こんな降ってわいたような話になって、僕は戸惑っている。

「ザック。俺に不満でもあるのか？」

「そんなことない！」

今日初めて会ったのに、僕はすでにスーラを受け入れていると思う。でも、僕は自分の属性も分かっていないのに、スーラのようなすごいスライムと契約なんかして、いいのかって思うんだ。

あれ……そうか、僕は知らず知らずのうちにスーラを受け入れていたのか。自分で言っていてちょっとびっくりしちゃったよ。
ふ――――……。僕は強くなりたい。スーラは僕と契約したい。お互いにウインウインの関係じゃないか。

「ねえ、なんで僕と契約したいの？」

「ザックの魔力の質がいいからだ。俺は新たな魔力を得ることができて、もっと強くなれる。今でも強いが、より高みを狙えるってわけだ」

「そのために、僕の魔力が必要なの？」

「そうだ」

「魔力をスーラに与えた僕は、どうなるの？」

「さっきも言ったが、デメリットはない。一時的にザックの魔力は枯渇するかもしれないが、それはすぐに回復する。それに、ザックの魔力も今より多くなるぞ」

「……分かったよ。スーラと契約する。どうしたらいいの？」

「おう、それでいいんだよ！　人差し指の先を剣の刃《やいば》で切って、俺の額に当てるんだ」

僕はスーラの言う通りにした。


「よし、契約するぞ」

「うん」

「血の契約、我が主《あるじ》となる者の血を受け、我は眷《けん》属《ぞく》とならん！」


胸がものすごく熱くなり、スーラが小さな玉になって僕の目に飛び込んできた。

僕は声をあげることができずにそれを受け入れるしかなく、体の中に巨大な何かが浸透していくような高揚感と共に、脱力感に襲われた。


「………」

なんとか落ちついたけど、脱力感がすごいので石の上に座って休憩する。これが魔力の枯渇の感覚なんだね。初めて味わったよ。

『成功だ。やっぱりザックの魔力はいいものだぜ。これで俺はまた強くなった』

「えっ!?」

『何を驚いているんだ？　俺はザックの眷属になったんだ、ザックの中に入っていつでも語り合えるぞ。これでボッチも卒業だな』

「ぼ、僕は、ボッチなんかじゃ……ボッチだけど……」

『ははは、これからは俺がいるんだ、寂しくないだろ？』

「そ、そう……なのかな？」

『おいおい、俺に不満があるのか？』

「そんなことないよ。とっても頼もしいよ。でも、スーラは僕の中にいるだけなの？　外には出られないの？」

『ザックが呼べばすぐに出られるぞ』

「本当？　スーラ、出てきて」

すると、僕の右目から黒い玉が出てきて、スーラの形に変わった。

「魔力の枯渇は1、2時間もすれば回復するから、そこで大人しく座っていろよ」

「うん、そうさせてもらうよ」

「これから俺はザックの眷族だ。よろしく頼むぜ、相棒」

「相棒……」

「なんだ、相棒がお気に召さないか？　ご主人様とか言ってほしいのか？　ご主人様、お帰りなさいませ～。ご主人様、モエモエキュンキュンってか？」

「……何、それ？」

「知らないのも無理はないな。これは俺の祖国で流行《はや》っていた言葉だ」

「そ、そうなの？　変な国だね？」

「いくら俺の主でも、俺の祖国を変な国と言うのはどうかと思うぞ。まあ、俺も否定はできないと思っているけどな。はははは！」

なんか、スーラって変な奴だね。

「これから重力魔法の説明をするから、そのままで俺の話を聞いてくれ」

「うん」

「重力魔法というのはその名の通り、重力を操る魔法だ。例えば、対象の重力を10倍にすると、どうなると思う？」

「え？　えーっと……ごめん、分からないや」

「ザックの体重は50キロくらいか？」

「うん、48キロ」

僕は、あまりよいものを食べさせてもらえなかったせいで、同年代の少年に比べて背は低く体重も軽い。

「そうか、やっぱり細いな。まあ、そんなことはいい。簡単に説明すると、ザックに10倍の重力をかけると、体重が480キロになるんだ」

「うわー、すごいね」

「すごいだけじゃないぞ。ザックが480キロの体重になったら、動けると思うか？」

「えーっと……多分、無理」

「そうだ。大概の奴は、動けないどころか下手《へた》をすれば骨が折れ、内臓が潰れて死ぬ。もし、動くことができたとしても、まともに動くことはできない」

「……つまり、その時に攻撃すれば、簡単に敵を制圧できるんだね？」

「その通りだ！　ザックは呑《の》み込みが早くて助かるぜ。ロドスの野郎は、何度も教え込んでやっと覚えたんだぜ。あいつアホすぎるのに、よく国なんか興したよな。はははははははは」

　スーラは高らかに笑うけど、今聞いたことってすごいことだよね？

「ちなみに、今のザックの魔力量なら、10倍重力を半径5メートルの範囲で1時間ていどかけるのが限度だな。ただし、これは重力魔法に慣れたらの話だから、最初から使えるわけじゃない」

「うん。さっそく、重力魔法を試してもいい？」

「魔力が回復したらいいぞ。創造魔法はそこそこ難しいから、重力魔法のほうが使いやすい。最初に重力魔法を覚えて、その後に創造魔法を覚えるようにしよう」

「うん！」

「ところで、ザックは身体強化魔法の才能があるな？　どのていど、使えるんだ？」

「身体強化……魔法？」

「ん？　知らないのか？」

「うん。今、初めて知ったよ」

「なんだ、そういったことを調べる魔法があるだろ？　魔法がなくても、マジックアイテムで調べられるぞ」

「魔法のことは知らなかったよ。あと、属性を調べるマジックアイテムはとても高価だから上位貴族や王族くらいしか持っていないよ」

「はあ？　この国は遅れているどころの話ではないな。東の大陸なら、誰でも簡単に調べることができるぞ」

「そうなんだ、東の大陸ってすごいところなんだね！」

003—貴族の四男、むちゃぶりされる

スーラと出遭って、魔法のことを色々と聞いた。

僕には元々、身体強化魔法の才能があったということにも驚いたけど、実は知らないうちに身体強化魔法を使っていたらしい。

剣の訓練をしている時に体の能力を上げ、さらに剣に魔力を纏わせることで、普通なら切れない林の木を切っていた。

スーラに言わせると、普通は木の枝くらいは剣で切れるけど、直径50センチもある木は切れないんだそうだ。僕はそのことを聞いて、本当に驚いた。

「今見せてもらったが、ザックはまだ魔力を上手《うま》く魔法に変換できていないようだ。これからは魔力を効率的に変換できるように訓練するぞ」

「うん、お願いします！」

「おっと、お客さんだ。俺はザックの中に戻るぞ」

「え？」

スーラは黒い玉になって、僕の目の中に入ってきた。

『俺と喋りたい時は、心の中で会話できるぞ』

「心の中？」

『俺に喋りかけたいと、心の中で強く思うんだ』

『こ、こうかな？』

『そうだ。やっぱりザックは物覚えが早い。ロドスには苦労したから楽でいいぞ』

『あはは……。そうなんだ』


ロドス帝はスーラの中ではかなり評価が低いようだね。でも、そういう人でも、あれだけ大きな帝国の礎を築くことができたんだから、僕もがんばって成り上がってみせるぞ。

それから2分ほどしたら、家のメイドが現れた。


『なんだ、あのメイド服は⁉』

『え？　普通のメイド服だよ？』

『バカ野郎！　メイド服ってのはな、裾が膝上10センチ以上で、胸元が大きく開いたものでなくてはならないと、法律で決まっているんだぞ！』

『そ、そうなの？　メイドの服装に法律があるなんて知らなかったよ』

『そんな法律、あるわけないじゃないか』

『ぼ、僕を騙したの⁉』

『そんなことより、メイドがくるぞ』

『うう、話を逸《そ》らしたよね……』


青色の髪の毛をしたマレミス・ロイカンという古参のメイドが僕の前で立ち止まり、綺麗に頭を下げる。


「ザック様、旦那様がお呼びですので、お屋敷へお戻りください」

「父上が？」


僕の瞳が黒いから、縁起が悪いと言って僕を遠ざけ、婚約破棄されてからは納屋に追いやったクソオヤジが、僕になんの用だろうか？

「分かった、屋敷に帰るよ」

マレミスは再び僕に頭を下げて、僕の後ろに続いて歩く。

このマレミスだけではなく、家臣と使用人たちにはいい人が多い。だけど、残念なことに僕の家族と言われる血が繋《つな》がった人たちは、クソッタレが多い。本当に嫌になる。

屋敷へ入って、クソオヤジの執務室へ向かう。マレミスが扉をノックして僕の来訪を伝えると、部屋の中から「入れ」という短い返事が返ってきた。

マレミスが扉を開けて僕が中へ入っていくと、そこには不機嫌そうな顔のクソオヤジがいた。人を呼びつけておいて不機嫌そうな顔をするなんて、礼儀がなっていない。

「お呼びでしょうか、父上」

「……呼んだのは他でもない。お前を元服させることにした」

嫌々話すのなら、呼ぶなよと思う。しかし、僕を元服ってどういうことなんだろうか？

元服というのは成人させるということで、通常は15歳で成人なんだけど、貴族の場合は家の都合によって15歳未満の子供でも成人させることがある。

たとえば、結婚したり、当主が他界して跡を継がなければならなくなった場合とかだ。僕が家を継ぐことはないし、僕と結婚や婚約をしたいという貴族がいるとも思えない。侯爵家から婚約破棄された噂《うわさ》は広まっていると思うから……。

「本日、ただ今よりお前は成人だ」

「理由を伺ってもよろしいですか？」

「ふん、お前に活躍の場を与える」

「活躍の場？」

「アスタレス公国がケントレス侯爵領へ侵攻してきた。お前が兵を率いて援軍に向かえ」

「………」

このクソオヤジは何を言っているんだ？　成人

させたばかりの僕に兵を率いろって？　本気で言っているなら頭の中が腐っているし、冗談なら笑えない。

『面白いことを言うな。だが、これはチャンスだぞ』

『チャンス？』

『今回の戦いは負け戦のはずだ』

『なぜ、そんなことが分かるの？』

『簡単なことだ。勝てる見込みがあれば、こいつが自分で兵を率いていけばいい。だが、負け戦なら自分が死ぬのは嫌というわけだ』

『でも、戦ってみないとそんなこと分からないだろ？』

『そういうことを判断するのも貴族の当主だ。何か情報を得たんじゃないか？』

『なるほど……』

「率いる兵は30名。明日、出立しろ」

「……分かりました」

しかし、急な話だ。そういえば最近、家の中が騒々しかったけど、戦争の準備をしていたのか？

それで、スーラが言ったように何か情報を得て、自分でいくのを止《や》めたのか？

僕はクソオヤジの執務室を辞して、自分の部屋である納屋に向かった。その途中で、会いたくない奴に会った。

「でき損ないか。出兵するらしいな」

偶然を装っているけど、絶対に待っていたよね？

こいつは、僕のすぐ上の兄でウォルフという。正室の子供だから三男でも嫡男の座に収まっている。つまり、クソオヤジの跡を継ぐクソ兄貴だね。

「先ほど元服して、明日出兵することになりました」

「家の名に泥を塗るような無様《ぶざま》な戦い方はするなよ」

「そのつもりです」

「ふん、でき損ないが言うじゃないか」

喋り方もクソオヤジそっくりで、僕はこいつが大っ嫌いだ。幼い頃からどれだけ殴られたことか。

「逃げるくらいなら死ね。そうすれば、ケンドレー家の名が上がる。分かったな」

「はい、逃げずに戦います」

「ちっ、でき損ないが!?」

捨て台詞《ぜりふ》のようにそう言い放つと、踵《きびす》を返して去っていった。

ウォルフには魔法の才能がない。ウォルフだけでなく、クソオヤジにも他の兄弟にも、魔法の才能はない。

この家で魔法の才能があるのは、前当主だった祖父と僕だけ。だから、それも僕のことを許せない理由なんだと思う。

どうして自分には魔法の才能がないのかと、ウォルフは思っているんだろう。

自室に戻るまでに他の兄（長男と次男）にも会ったが、全員に嫌みを言われた。そして異口同音《いくどうおん》に「逃げずに死ね」と言われた。

『話に聞いていたよりも、ザックは嫌われているな』

『死んだ祖父が僕を可愛がっていたのもあると思うし、この家で魔法の才能があるのは僕だけなんで、妬まれているんだと思う』

『なんだ、祖父様《じいさま》はまともだったんだな』

『祖父は、瞳の色なんか気にしなかったし、魔法の才能がある僕を当主にしたかったみたいなんだ』

『そりゃー、兄貴たちからすれば、気分のいい話じゃないな。特に嫡男としては、ザックは自分たちの地位を脅かす敵だったというわけだ』

祖父が7年前に他界してから、僕はあからさまに家族から無視されるようになった。

それだけでなく、暴力を受けたことも、一度や二度ではない。

『ザックがこの家を出る時期が早まっただけで、いずれにせよ家を出ることになるのは変わらないんだし、何よりも戦功を立てて、名を上げるチャンスを向こうからくれたわけだ。アホな父親でよかったじゃないか』

『スーラはポジティブシンキングだね』

『おうよ、俺は最強のポジティビリアンだぜ！』

翌日、僕は兵を率いて屋敷を出た。当主の代理だというのに馬もなく、兵士は年寄りばかり。あのクソオヤジには本当に感謝しかないよ。

男爵家なので、少なからず騎士はいる。なのに、今回は騎士が1人も同行しない。貴族の体裁なんて関係ないようだ。

「若様は、馬には乗られないのですかな？」

30人の老兵士たちの中の1人が僕に話しかけてきた。それなりに年はとっているけど、老兵士とまでは言えない、50歳くらいの男性だ。

その兵士は、赤い髪の毛を短く刈っていて顔に傷があり、体つきがとても逞《たくま》しい。

歴戦の勇士といった雰囲気を醸し出しているので、以前はそれなりの騎士か兵士だったんだと思う。

「僕は、馬に乗れないんだ」

「そうでしたか。歩き慣れていないと行軍は疲れますからな、疲れたら荷車に乗ってくだされ」

「ありがとう。でも、これでも鍛えているから大丈夫だよ」

「分かりました」

「貴方の名前を教えてください」

「某《それがし》はカルモンといいます」

「カルモンさんですね。それじゃ、カルモンさんを副官に任命します」

「某のような者を副官にですか？」

「失礼な言い方になりますが、他の兵士を見たらカルモンさんが一番まともそうですから」

「……なるほど」


　カルモンさんは後ろに歩いてくる老兵士たちを見て、納得してくれたようだ。


「では、副官の某から進言申し上げます」

「なんですか？」

「部下にさんづけは不要です。呼び捨てにしてくだされ」

「あ……。分かりました」

「丁寧な言葉遣いも不要です。命令すればいいのです」

「分かり……分かった」

004―貴族の四男、行軍する

『そう言えば、ザックは人を殺したことがあるのか？』

歩いていたら、急にスーラが話しかけてきた。

『え？　……ないよ』

『戦争ってのは殺し合いだぞ。人の死ってのは精神に結構くるらしいから、覚悟しとけよ』

『そうか、人を殺さないと僕が殺されるんだ……』

『動物やモンスターを殺したことはあるのか？』

『……ない』

『そうか。なら、行軍途中にモンスターが出てくる場所があれば、戦ってみろ。血の臭いや戦場の殺気のようなものを、少しは感じられるぞ』

『そ、そうだね……』

僕はカルモンを見た。

「何か？」

「あの、途中でモンスターがいるような場所を通るかな？　僕は屋敷の周辺しか知らないので」

「ええ、通りますよ。このままいけば、モンスターが出てくる場所で野営になりますし」

「もし、モンスターが出てきたら、僕が戦ってもいいかな？」

「………」

カルモンはジッと僕を見つめて、少し考えるようなそぶりを見せた。

「分かりました。モンスターが出てきたら若様にお任せします」

「ありがとう」

「若様は某に命じればいいのです。頼む必要はありませんと何度も申しておりますが、若様はお優しいご気性なのでしょうね。ですが、他の者がいるところでは、命令口調でお願いします」

「あ、うん。気をつけるよ」

カルモンはにこりと笑った。黒い瞳の僕にも臆さずに話しかけてくるし、祖父と話しているような安心感がある。カルモンがいてくれて、本当にありがたい。

祖父くらいの年齢の人に命令口調なんてなかなか難しいけど、慣れないといけないな。

『このオッサン、相当な使い手だな』

『そうなの？』

『あの歩き方で分かる。そんなことよりも、ザックのことだ』

カルモンの話をしてきたのは、スーラなのに。

『ザックは身体強化魔法を使えるが、全身を強化するよりも、部分的に強化するほうが効率的だぞ』

『部分的に？　それって、腕だけを強化するとか？』

『そうだ。あれの時はあれを強化すれば、すっげーことになるぞ』

『……あれって何？』

『あれはあれだ。そんなことも知らないのか？』

『ごめん、知らない』

『かー、これだからいい子ちゃんは困るんだよ』

『僕は、いい子ちゃんなんかじゃないぞ』

『もういい。部分的な強化をしてみろ。まずは目だ。動体視力、遠視、暗視の訓練だ、素早《すばや》いものを的確に見分けられ、遠くが見え、暗い中でも見えるようになる。これができれば、戦場ではかなり有利だぞ』

『分かったよ、目を強化するよ。でも、重力魔法はいつ教えてくれるの？』

『ザックに時間があれば重力魔法も教えてやろうと思ったが、今は時間がない。お前が元々持っていた身体強化魔法を鍛えたほうが、効率がいいだろう』

『なるほど……。分かったよ、まずは目を強化だね』

『おう。目だけに魔力を集中させてみろ』

『うん』

スーラは自分の魔法属性だけでなく、身体強化魔法まで使い方を知っているようだ。すごいね。

僕は目に魔力を集中させる。今までは無意識に体や剣を強化していたけど、意識してやるとなかなか難しい。しかも、歩きながらなので、難易度がさらに上がる。

何度か転びそうになりながら視力を強化するべく、目に魔力を纏わせようと努力し続ける。

『これ、難しいね』

『体を全体的に強化するほうが、普通は難しいんだぞ。それに剣を強化するのもな。それに比べれば、体を部分的に強化するのは簡単なはずだ』

『そんなものかな……』

何度も失敗して転びそうになりながら、僕は進んだ。

「若様、すでにケンドレー領を出ています。問題がなければ、明日の昼すぎにはボッス伯爵の屋敷に到着すると思います」

ボッス伯爵はケンドレー家の寄親だ。だから僕たちは、ボッス家の指揮下に入ることになっている。

　ボッス家が治めている領地は、ケンドレー家の領地よりはるかに大きいと聞いている。

　ケンドレー家は、僕の祖父が戦功を立てた時に男爵に叙されて領地を拝領したんだけど、ボッス家は王国の建国当初からの旧家だから、家の格が爵位の差以上に違う。


「若様、ここで野営をしましょう」

「うん、そうしましょう」

　街道のそばを流れる小川のほとりで野営することになった。老兵士たちが手際よく野営の準備を進めるのを、僕は石に座って待つ。

「若様、5人ずつの交代制で夜警をさせますが、よろしいですか?」

「任せます」

　カルモンがなんでも教えてくれて、老兵士たちに指示してくれるので、とてもありがたい。おかげで、目の強化の訓練に集中できる。


「若様、食事ができました。どうぞ」

「ありがとう」

　カルモンからパンとスープを受け取って、パンをスープにつけて柔らかくして食べる。

　ケンドレーの屋敷では、白パンと言われる柔らかいパンが食卓に並ぶけど、祖父が他界してから、僕はいつも硬いパンを食べていた。だから、食べ慣れた硬いパンの食べ方は心得ている。

「ところで、先ほどから何をされているのですかな?」

「え?」

「若様が魔力を練っておられるのは分かりましたが、何をしておられるのか、気になったもので」

「カルモンは、魔力を感じることができるのですか？」

「なんとなくです。無駄に年齢だけは重ねていますから」

「すごいですね。僕なんて全然分かりませんよ」

「大したことはありません。それより、若様は何をされていたのですか？」


『おい、身体強化魔法のことは少しなら喋ってもいいが、重力魔法や創造魔法のことは喋るなよ』

『なんで？』

『このオッサンが、クソオヤジの意向を受けて、ザックを殺そうとしているのかもしれないだろ』

『そ、そうなの？　カルモンはとてもいい人に見えるけど……』

『悪人が全員悪党面しているわけじゃないぞ。だから、切り札は教えるな』

『あ、うん。分かったよ』


「目に魔力を集めて、視力を強化できないかと思っているんですけど、難しいですね」

「若様は身体強化魔法が使えるのですか？」

「使えるというか、今、訓練中です」

「なるほど……。それでしたら、1つアドバイスというか、私の知っていることをお教えしましょう」

「はい、お願いします！」

「身体強化魔法だけでなく、どんな魔法もイメージが大事だと、昔、魔法使いに聞いたことがあります」

「イメージですか……？」

「はい、魔法を発動させた結果をイメージするのです。そうすると、意外と簡単にできるらしいですよ」

「そうなんですね、ありがとうございます。今からやってみます！」

「はい、がんばってください」

『ほう、まともなことを言うじゃないか。たしかに、魔法は発動した時のイメージが大事だ。明確なイメージを思い描ければ、威力が上がって消費魔力も抑えられるぞ』

『そうなんだ。スーラも知っているんだったら、スーラが教えてくれればよかったのに』

『バ、バカ。俺はザックに苦労を味合わせて、魔法の奥深さを教えようと思ってだな、決して忘れていたわけじゃないんだからね！』

『ないんだからね！　って、口調がおかしいよ。やっぱり忘れていたんだね』

『くっ、殺せ』

『そんなことで殺さないよ』

『ち、ノリが悪い奴だ』

『ノリって何さ？　スーラは時々変なことを言うよね』

　その夜、僕はスーラに起こされた。

『客がきたぞ』

『え？　客って……こんなところに？』

『まったくお前は、頭がいいのか悪いのか……。客ってのはモンスターのことだ。多分オークだ』

『オ。オーク……』

『どうした、怖いのか？』

『こ、怖くなんかない！』

『よし、その意気だ。ザックなら、オークの5体や6体なんて大したことない』

『え、5体や6体もいるの⁉』

『やっぱ怖いんだ』

『こ、怖くなんかないもん！』

『もんってなんだよ。可愛いな』

『ちょっと言い間違えただけだよ！』

『もん～。もんっ。も～ん』

　絶対バカにしているよね？　僕はスーラの言葉を無視して、むくりと体を起こした。

「若様、どうかされましたか？」

寝ていたと思われたカルモンが体を起こす。


「モンスターがきます」

「む、モンスター……ですか？」

「僕が戦いますが、念のために、カルモンは皆を起こして警戒してください」

「分かりました」


カルモンは毛布から抜け出して、皆を起こして回る。僕も体を起こして剣を腰に差した。


『目に魔力を込めて暗闇を見通せ。イメージだ、イメージするんだ』

『わ、分かったよ』


夜でも視界がクリアになるイメージをするんだ。

005―貴族の四男、オーク殺し

夜目の身体強化はなかなか難しい。だけど、イメージして使ったら視界がクリアになって、周囲の様子がさっきよりはっきり見えてきた。


『くるぞ』

『もう!?』

『敵はこちらの都合に合わせてくれないんだよ』

『そうだね……』

『あ、そうだ。身体強化は目以外禁止な』

『なんで!?』

『オークごときに身体強化魔法を使うなんて、あり得ないだろ。成り上がりたいなら、素の力で倒してみろよ』

『う……。ちょっと不安かな……』

『大丈夫だ、ザックならできる。俺が見込んだザックならな。それに、オッサンに自分が戦うって宣言しているんだ、ここで戦わなかったら失望されて士気に影響が出る。もっとも、爺さんたちは士気があっても、ほとんど使い物にならないだろうがな』

『……』


なんと答えていいか分からない。とにかく、僕は目以外の身体強化魔法はなしで、オークを倒さなければならないということだ。

オークは豚頭の人型のモンスターで、知能が高く剣などの武器を使う。だから、人間相手の戦い方とあまり変わらないと聞いたことがある。ただし、オークは力が強いので、普通の兵士と同じだと思っていると、痛い目にあう。

「ふ―――……」

心を落ちつかせるために細く長く息を吐く。

クソオヤジたちから嫌がらせを受けた後、こうすると心が落ちついたので、よくこうして息を吐くようになった。

もちろん、クソオヤジたちの前ではやらない。やったら面倒《めんどう》くさいことになるから。

「若様、きますぞ」

「うん」

僕は鞘《さや》から剣を抜いて、暗闇の中を凝視する。まだ遠くは見えないけれど、近くなら夜目がきくようになった。

何かが、まっすぐこちらに向かってきているのが分かる。

僕の夜目の範囲にオークが入ってくると、はっきりと見えるようになった。

体長2メートル以上の体は、大柄なカルモンよりもずっと大きい。だけど、向き合った時の圧力は、カルモンのほうがあると思う。

「ふーっ、いくぞ!」

僕は足に力を入れて、一気に地面を蹴って先頭のオークに飛びかかった。

「はっ!」

「ブモ―――ッ!?」

覚悟を決めて切りかかる。振り抜いた剣はオークの太い腕を切り落としていた。

初めて生き物を切ったけど、木を切る時の手ごたえとはまったく違う……。

オークの剣を躱《かわ》した僕は、その懐に飛び込んで逆袈裟《ぎゃくけさ》切りでオークの腹部から胸にかけて切った。

『後ろだ』
『えっ!?』

スーラが教えてくれたので、僕は横に大きく飛んで後方を確かめた。
僕に腕を切り落とされたオークが、残っている腕で剣を持って僕に切りかかってきていた。

『スーラ、ありがとう』
『そんなことより、囲まれたぞ』
『うっ……』

凶悪な顔のオークが5体、僕を囲んでいる。

『足を止めるな。剣を振りぬけ』

『体が萎縮しているから、首に剣が届かないんだ』

スーラは魔法だけじゃなく、剣のことも分かるようだ。
たしかに、僕はオークの首を切り落とそうと思って剣を振り抜いたんだけど、僕の覚悟が足らず、体が思ったより動かなかった。それをスーラはしっかりと見ていたんだ。

『分かっているよ!』

腕を切り落とされて悲鳴をあげているオークの陰から、2体目が現れる。
夜目がきくようになったとはいえ、まだ慣れていないため、視界ははっきりとしない。だから、2体目が出てきた時にはとても焦ったけど、大きく錆《さび》の浮いている相手の剣をなんとか避けることができた。

『分かったよ！』

僕は片腕を失《な》くしたオークに狙いをつけて駆けた。

「はぁぁぁっ！」

「ブモッ！」

オークが大きく振りかぶって剣を振り下ろしてきた。それを体半分くらいずらして躱すと、腕を振り切ってその首を斬り落としてやる。

気を抜かず、足を止めず、僕は次のオークへと向かう。オークが横に剣を振ってきたので、大きくジャンプして躱す。

僕がジャンプして躱すのを待っていたかのように、次のオークが剣を突き出してきた。

僕は、剣を横に振ったオークの頭を踏み台にし、さらにジャンプして剣を突き出してきたオークの頭に、前方宙返りの要領で剣を叩《たた》きつけた。

「はぁはぁ……」

『足を止めるな！』

『はい！』

息を整える間もなく、僕は次のオークに向かうと、袈裟懸けに振り下ろされてきた剣を躱《かわ》して、横に回って足の腱《けん》を切ってやった。

肺の空気が全部なくなったような苦しさを感じる。だけど、まだオークは残っている。

僕は呼吸するのも忘れて、とにかく足を動かし剣を振り続けた。

「はぁはぁはぁ……」

「若様、お見事です！」

僕は6体のオークに勝った。怪我《けが》はしなかったけど、ギリギリの戦いだった。息が大きく弾む。

オークは仲間同士で連携してくると聞いていたけど、これほどだとは思わなかった。

「はぁはぁ……。カルモン……うっ」

嘔吐《おうと》した。初めて命を奪ったことによる精神的な疲弊もあるけど、血の臭いにむせたというのが大きい。

「大丈夫ですかな、若様」

「大丈夫です。少し休んだら落ちつくから」

「初めての戦闘だったのですな」

「分かりますか?」

「ははは、剣の筋は悪くありませんが、無駄な動きが多い。初心者によくある傾向です。それに、血の臭いで嘔吐していましたから、そう思ったのです」

「カルモンは、実戦経験豊富なんですね」

「ははは、某など大したことありませんぞ」

カルモンは豪快に笑って、老兵士たちにオークの死体の解体を指示する。

オークに限らずモンスターの体の中には魔石があって、これが売れる。それに肉や睾丸《こうがん》も売れるので、それなりの実入りになる。

『あのオッサンが大したことなければ、この国にいる剣士や騎士は、ほぼ全員が大したことないということになると思うぞ』

『そんなにすごいの?』

『おっさんは間違いなく、達人の域に達している。達人でも上位だろう』

『そんな人が、なんで地方の小領主の、しかもやる気のない軍に参加しているの?』

『さあな、そんなこと俺に分かるわけないだろ。それよりも、剣の血糊《ちのり》をしっかりと拭き取って寝ろ。明日も歩き詰めだぞ』

『うん……』

僕はスーラが言うように、剣の血糊を拭き取ってから寝ることにした。

翌朝、僕は重い体を起こした。気が高ぶっていたのか、ほとんど寝ることはできなかった。

昨夜のオーク戦を思い出して、剣を抜いて見たら刃こぼれがあった。しかも3つの大きな刃こぼれだ。


「刃こぼれですな……」


僕が剣を見ていたら、いつの間にか後ろにいたカルモンが呟《つぶや》いた。

「しかし、その剣は……いけませんな。かなり質が悪い」

「そうなんですか？」

「はい、粗悪品と言っても過言ではないと思いますぞ」

「……」

この剣は、クソオヤジが用意した剣だ。あのクソオヤジ……。

「もし、その剣を戦場で使っていたら、簡単にぽっきり折れていたでしょうな。幸い、オークの素材が手に入りましたから、それを売って剣を買いましょう」

クソオヤジは食料は持たせてくれたが、金はほとんど用意していなかった。だから、金が要るようなことになると、僕たちはお手上げだ。

でも、倒したオークのおかげで少しお金を稼げそうなので、助かった。

「皆さんの剣は大丈夫ですか？」

「各自が持参した剣のはずなので、大丈夫だとは思いますが、念のため確認しておきましょう」

カルモンが老兵士たちの剣を確認して回った。

「兵士たちの剣は鋳造品が多かったですが、若様の剣よりもよっぽどいいものです」

「そうですか。それならよかった」

「ご自分の剣が粗悪品なのに、よかったのですか。若様は面白いですな」

「僕の剣だけなら1本で済みますが、全員分だとオークの素材を売っても買い替えることができませんからね」

「なるほど、そういう考えもありますな」

『ザックのオヤジは、ザックを死なせたいんだと思っていいだろうな。まあ、あの兵士たちを見たら、剣のことがなくても分かっていたことだが』

『………』

自分でも分かっていたけど、スーラに改めて言われると、なんと言えばいいのか分からない。

本当に、あのクソオヤジは碌《ろく》なことをしない。心配しなくても、この戦争が終わっても家に戻ったりしないから、安心しろって言いたい。

途中、ゴブリンに襲われたけど、今度は皆で部隊行動をしてゴブリンを一掃した。

僕は指揮できないのでカルモンの言う通りにしたけど、組織だった戦闘法によって老兵士たちでも効果的にゴブリンを倒していった。

ゴブリン戦を見ていた僕は、戦いにおいて指揮官の能力がとても重要なんだということを思い知らされた。


「ボッス伯爵の屋敷に到着しました」

ケンドレー家の屋敷の数倍はありそうな、大きな屋敷に到着した。

カルモンが門番に話をつけて敷地内に通される

と、僕とカルモンだけが屋敷の中に入って、ボッス伯爵に挨拶をする。

「ヘンドリック・ケンドレーが子、ザック・ケンドレーです。以後、お見知りおきください」

「ザック殿、よくきたな。私がダンケル・ボッスだ」

ボッス伯爵はがっちりとした体形で、とても整った顔立ちの人物だった。金髪碧眼もあって、貴族の気品のようなものを感じる。

クソオヤジからは、こんな感じを受けたことはない。格式高い家の血というものかな?

「さて、報告を聞いたが、率いてきた兵が少ないようだな。それに、当主ヘンドリック殿はどうされたのだね?」

「それについては、父から書状を預かってきております」

「ほう、書状を」

ボッス伯爵に書状を渡すと、伯爵は蜜蠟《みつろう》の封を確認して頷《うなず》いた。

封を開けて中の書状を読み進める伯爵は、時々考えるようなそぶりを見せた。

「なるほど、ヘンドリック殿は病に臥《ふ》せっておられ、領内のモンスターが活発化しているため、嫡男のウォルフ殿が兵を率いてモンスター討伐に当たっていると……」

よくもまあ、それだけの嘘《うそ》を平気でつけるものだと感心する。

クソオヤジはぴんぴんしているし、南の森のモンスターも普通だ。ウォルフが兵を率いる? そんな能力があいつにあるのかな?

「ザック殿は、いくつになられるか?」

「はい、14歳になりました」

「若いと思っていたが、まだ成人前なのかね」

「先日、元服しましたので、成人という扱いになります」

「ふむ……。分かった。2日後にケントレス領へ向けて発《た》つので、隊列に加わるといい。それまでは、別宅を使ってくれたまえ」

「ご配慮、ありがたく存じます」


ボッス伯爵は婚約破棄された僕のことを知っているはずだけど、僕の名前を聞いても眉1つ動かさなかった。そういった心遣いができる方なんだと思う。

ケンドレー男爵家はボッス伯爵家の寄子になる。寄子であるケンドレー家は、何かあれば寄親のボッス伯爵を頼って保護してもらうことになる。

だから、ケンドレー家は普段《ふだん》からボッス伯爵とは良好な関係を築かなければならないのに、嘘をついて戦争での被害を最小限に抑えようとするクソオヤジのセコイ考えがとても恥ずかしい。

006―貴族の四男、恥ずかしい

先ほど退室したケンドレー家のザック殿から、魔力を感じた。しかも、魔力量が半端なく多い。

たしか、アムリス侯爵家のケリス嬢が婚約破棄した少年のはずだが、あれだけの魔力量を持っているザック殿との婚約を破棄するとは、当代のアムリス侯爵は噂通りの無能のようだ。

容姿も悪くないのに、ケリス嬢は何が気に入らなかったのだ？　家柄か？　もし、家柄でしか人を見ないというのであれば、愚かなことだ。

ケンドレー家は、先代のオットー殿が戦功を立てて男爵に叙されたが、当代のヘンドリック殿は特徴のないパッとせぬ男だ。その嫡男のウォルフ殿も何度か会ったことがあるが、男爵家の嫡男だということを笠《かさ》にきた、鼻もちのならない小僧であった。

ん、待てよ……。本来であれば、まだ成人もしていない子供に、なぜ軍を任せたのだ？

ケンドレー家の戦力は大したものではないが、それでも当主の代理として軍を任せるのだ、嫡男でなくとも、長男のロイド殿や次男のサムラス殿でもよかったはずだ。

いや、ザック殿は魔力を持っている。ケンドレー家の他の子供たちよりも、はるかに戦向きだ。だからか……？

ケンドレーを探ってみるか。そうすれば、ザック殿の情報も得られるであろう。あれだけの魔力を持っている者は希少だ。四男であれば、家を継ぐこともあるまい。

今回の戦いで、どれほどの働きをするか分からぬが、働き次第ではこちらに引き入れておくべきだろう。上手くいけば、我がボッス伯爵家にとってこれ以上ない味方になるだろう。

それに……ザック殿の副官の男、あれはたしか……。あの男がなぜ、ザック殿についているのだ？

まさか、ケンドレー家に仕官したのか？　あの男が……？　まさかな。

▽▽▽

ボッス伯爵の別宅は、さすが伯爵家といった豪華さだった。

別宅なのに大きな建物と豪華な装飾品、質の高い使用人、どれをとってもケンドレー家とは大違いだ。


『おい、ボケっとするな。今のザックはまだ弱い。このままだと死ぬぞ』

『う……』

『やっと目の強化ができるようになったていどなんだから、腕だけの強化、足だけの強化と、やることはたくさんある。ボケっとせずに訓練あるのみだ！』

『はい！』

くっ、スーラに主導権を握られている……。僕が主でスーラが眷属なのに。

でも、スーラの言うことは正しい。だから僕は、必死で努力しなければいけないんだ。

僕は、必死に腕の強化を訓練した。視力強化ができたからか、腕の強化は思ったより早くできるようになった。

次は足の強化だ。イメージだ。イメージするんだ。イメージ。イメージ……。

……なんとか、足の強化もできるようになった。疲れた。外はいつの間にか暗闇が支配していて、とても静かだ。

「ふー、疲れたから寝よう」

『何を言っているんだ⁉ 次は指だ。右手の親指を強化しろ』

『え……。少し寝かせてよ』

『バカ野郎！ そんなことで、戦場で生き残れると思うなよ！』

『わ、分かったよ』

スーラは厳しい。その日の夜、僕は一睡もできなかった。

朝になった時には、僕は全身のどの部位でも強化できるようになっていた。すると、スーラが次の指示をしてくる。

『おい、部下の爺様たちに小石を集めさせろ』

『小石？ 何に使うの？』

『ザックの部隊は、誰も弓を持っていなかっただろ？』

『うん。多分、矢が勿体《もったい》ないので、あのクソオヤジがケチったんだと思う』

『だから、矢の代わりに小石を投擲《とうてき》して、遠距離攻撃できるようにするんだよ』

『でも、小石を投げても……』

『甘いぞ！ いいか、ザックは身体強化魔法の使い手なんだ、小石1つでも強力な武器になるんだよ！』

スーラの説得を受けてというか、勢いに押されて、カルモンに小石を集めるように頼んだ。

『次は重力魔法だ！』

『え、まだ寝られないの？』

『今夜はゆっくりと寝かしてやるから、夜まで重力魔法の訓練だ！』

『うぅ……分かったよ』

『言っておくが、重力魔法は奥の手だ。いざという時に使えない奥の手なんて、奥の手じゃないからな』

『分かっているよ』

本当に厳しい……。僕はスーラの指示の下、重力魔法の訓練をした。

重力魔法は身体強化魔法と違って、本来は僕の属性ではない。だから、身体強化魔法よりも習得に時間がかかるとスーラは言う。

『だが、俺がいるんだ。短時間でザックに重力魔法を覚えさせてみせる！』

『ありがとう……』

睡眠時間と引き換えなので、かなりキツイけれど、戦場で生き残り、さらに成り上がるための戦功を立てるために、僕はスーラに従って重力魔法の訓練に励む。

『重力魔法は重さを操る魔法だ。つまり、重くするだけでなく、軽くすることだってできるんだぞ』

『そうか、重さを操るなら、軽くもできるんだね』

『自分は鳥の羽根のように軽いんだとイメージして、重力魔法を発動させろ。そうすれば、軽くジャンプしただけで、10メートルは飛び上がることができるぞ』

『鳥の羽根……』

僕は鳥の羽根。とても軽く、そよ風が吹いただけでも飛んでいく。それが僕の重さなんだ。

「………」

まあ、そんな簡単に重力魔法が発動することはない。

自分が元々持っていた身体強化魔法だって、苦労して部分強化ができたくらいなんだから、新しく覚えた重力魔法が、そんなに簡単に使えるとは思えない。根気よく訓練するしかない。

夜になって訓練から解放された僕は、泥のように眠った。そして翌朝、僕は身支度《みじたく》を整えて外に出た。


「若様、全員準備完了です」

「カルモン、ありがとう。ボッス伯爵に挨拶しにいくから、ついてきて」

「承知しました」


ボッス伯爵の率いる兵士は1000人ほど。その1000人もの兵士が整列して、ボッス伯爵が出てくるのを待っている。

他の寄子である騎士爵や男爵、子爵家の当主やその代理の人たちも、前のほうに並んでボッス伯爵を待っているので、僕もその末席に並んでボッス伯爵を待つ。

しばらくすると、数人の側近を伴った鎧姿のボッス伯爵が現れた。

立派な体格なので、威厳ある武人に見える。この辺りの領主たちのドンとしての威厳は、十分に備わっていると思う。


「皆、待たせた」

「ボッス伯爵。我ら一同、準備は万端です。ご指示を」


あれは、サブラス・グローム子爵だったかな。ここに到着した日に挨拶した人物で、豪快な方だ。困ったことがあったら頼ってこいと言ってくれた。亡き祖父と親交があったと言っていたので、ここでも祖父のおかげで僕は助かっている。

ボッス伯爵の寄子の多くはよい方ばかりで、なんで僕はあんなクソオヤジの子供に生まれてしまったのかと、恨めしく思った。

他の貴族たちは皆が馬に乗っているけど、僕は徒歩だ。荷車も他の貴族は数台、ボッス伯爵にいたっては数十台も用意しているけど、僕たちは1台だけ。

30人の行軍で家からの支援もほとんどないので、運ぶものがないのだ。

こういう光景を他の貴族が見たらどう思うか、あのクソオヤジは気がつかないのだろうか？　まあいいや、この戦いが終わったら家を出る僕には、ケンドレー家のイメージなんて関係ないことだ。

行軍は順調で、ボッス伯爵の屋敷を発ってから4日後には、戦場まであと1日の町へ到着した。

「僕たちは町の外で野営だよ。準備をお願い」

1500人以上の軍なので、1000人ていどしか町には入れない。だから、先ほどの軍議で僕たちを含む500人ほどが町の外で野営することが決まった。

「承知しました。おい、野営の準備だ」

カルモンが指示すると、老兵士たちは手際よくテントなどを設置していく。

行軍途中でもモンスターと遭遇すれば、討伐しなければならないので、現れたモンスターは僕の部隊に任せてもらうことにした。

おかげで、モンスターの素材が手に入ったから、町でモンスターの素材を売って物資を買おうと思う。

他の貴族たちは、貴重な部位があれば別だけど、通常はモンスターを解体したりしない。行軍に遅れが出るからだ。

だけど、僕の部隊は物資と資金が不足しているので、モンスターを解体して資金を得なければならない。恥ずかしいことだ。

007―貴族の四男、S級ソルジャーに出遭う

モンスターの素材を売るために、町へ赴いた。

侯爵領というだけあって、領都でもないのに大きな町だ。

ただ、近くが戦場になるということもあり、避難した住民も多いようで、町の中は閑散としている。

「商人はいるかな?」

「近くで戦いがあるってことは、物資を売りつけるチャンスですから、商人は逃げませんよ」

「そんなものなの? 商魂逞しいと言うべきかな?」

「図太くならなければ、商機を逃してしまいますからね」

カルモンが、それくらい普通のことだとつけ加えて、ある店の前で立ち止まると店員に声をかけた。

商談はカルモンがしてくれて、僕はそれを横で聞いていた。

「それは安く買い叩きすぎだろ? 戦時下なんだからその値はないぞ。他の店に持っていってもいいんだぞ」

「これは困りましたな……。でしたら、これでどうですか?」

「それでも不満はあるが、仕方がない。それで手を打とう」

「ありがとうございます」

商談が終わると、店員は荷車に積まれていた素材を手際よく店に運び込んでいく。

「安く買い叩かれたのですか？」

僕が聞いてみると、カルモンはニコリと笑って首を振った。

「通常時よりも高値で売れました。戦時特価ってやつです。ただし、これから買う物資も戦時特価なので、高いですけどね」

「ああ、なるほど……」

世知辛い世の中なんだね。

『おい、誰かがつけてくるぞ』

『え？　誰？』


僕は思わず振り向いた。

『おい、尾行がいるからって振り向く奴がいるか⁉』

『え、だ、ダメなの？』

『当り前じゃないか。まったく……』

スーラはぶつぶつ言っている。

「ほう、若様も気づかれましたか」

「カルモンは気づいていたの？」

「店の前からついてくるので、気にはしていました」

「そうなんだ」

スーラもすごいけど、カルモンもすごいね。僕はまったく気がつかなかったよ。

「どうすれば？」

「必要なら向こうから接触してくるでしょう。ですから、このまま何もせずに陣まで帰ります」

「分かった」


カルモンに言われた通りに、尾行してくる人物を無視して再び歩き出した。

この数日で命令口調も少しだけできるようになった。でも、どうもこういう口調はしっくりこない。


『おい、回り込まれたぞ』

『え？』


すると、褐色の肌と赤毛が印象的な女性が、腰に両手を当てて、僕たちが通る通路を塞ぐようにして立っていた。

見た目はとても活発そうな感じの女性だけど、僕よりは年上に見える。多分、20歳くらいだと思う。


「若様、決してこちらから声をかけてはいけませんぞ」

「わ、分かった」


僕たちは何も言わずにその女性の脇を通り過ぎようとしたが、女性はわざわざ僕たちのゆく手を阻むように移動してきた。

緩やかにカールした、肩の下まである赤毛が揺れる。


「ちょっと待った！」

「「………」」


僕は下手に喋らないように口をぎゅっと結び、カルモンの対応を待った。

すると、カルモンが地面を蹴ってその女性との間合いを一気に詰めると、いきなり女性を殴り飛ばした。

「え⁉」

思わず僕は声をあげてしまった。誰だって驚くよね？　荷車を牽《ひ》いていた老兵士たちも唖然《あぜん》としている。

殴り飛ばされた女性は、起き上がってカルモンに向かっていったけど、カウンターでまた殴り飛ばされた。

「く、このジジィ……」

「ふん、弱いぞジャスカ！」

え？　カルモンの知り合い？　僕と老兵士たちは、ぽかんと2人の殴り合いを見ているしかなかった。

しばらくすると、殴り合いも終わった。ほとんど一方的に女性が殴られていたけど……。

ジャスカと呼ばれた女性は、顔面がぼこぼこになるまで殴られていた。かなり可愛らしい顔だったのに、今は見る影もない。可哀《かわい》そうに……。

「か、カルモン……？」

「若様、醜いものを見せてしまいましたな。お詫《わ》び申し上げます」

「いや……。それよりも、その女性は大丈夫なの？」

「これくらいでどうこうなるような軟《やわ》な鍛え方はしていませんので、大丈夫です」

「その口ぶりだと、カルモンはその女性を知っているようだけど……」

「あ、これは失礼しました。こいつは、某の姪《めい》でジャスカと申します」

「えーっと……、姪？」

「はい、妹の娘です」

「いやいやいや、なんで姪をボコボコにしているのさ⁉」

僕は涼しい顔をしているカルモンに問いただした。

「こいつは某が鍛えました。これくらい、いつものことです」

「隙ありーっ！」

僕とカルモンが話していたら、ジャスカがカルモンの後ろから飛びかかってきた。

だけど、カルモンはそれをひらりと躱した。ジャスカは止まろうとしたが、勢い余って僕にぶつかり、僕とジャスカはもつれ合って倒れた。

『ほう、なかなかショッキングな光景だな』

『え……？』

気づくと、僕の唇にジャスカの唇が……。

僕はボコボコに顔を腫らしたジャスカとキスをしていた。

もっと雰囲気のあるファーストキスをしたかった……。

『まあ、ヘタレのザックには、これくらい積極的な相手のほうがいいか』

『何を言っているの……』

目と目が合って……とても気まずい。

『ボコボコの顔だから分かりにくいが、向こうもまんざらじゃないみたいだぞ。頬が赤く染まっている』

『だから、何を言っているの!?』

「ジャスカ、若様を襲うとはいい度胸だ」

カルモンがジャスカの首根っこを摑《つか》んで持ち上げる。

「ふにゃ……」

「何がふにゃだ！　反射的に躱した某もいけないが、お前は若様を襲ったのだ。万死に値する！　せめて伯父《おじ》である某の手で息の根を止めてやる」

「ちょ、カルモン、落ちついて」

「若様、止めないでください。姪の不始末は某の不始末。ジャスカを始末したら、某もこのシワ首を差し出しますので、お許しください」

　カルモンが剣に手をかけたのを、慌てて止めに入る。

「ストーーーップッ！　誰の命も首もいらないから、一度落ちつこうか。クリットもカルモンを止めて！」

　にやにやしながら僕たちを見ていた老兵士のクリットにも止めるように頼んだんだけど、「若様、無理な相談ってものですぜ」と言って動こうとしない。まったく、なんでこうなるんだ。

　なんとかカルモンを落ちつかせると、ジャスカの顔を濡《ぬ》れた手ぬぐいで冷やしてあげるよう、クリットに頼んだ。


「僕は何も気にしていないから、ジャスカに処罰は必要ないからね」

「それでは示しがつきません」

「実害はないんだから、問題ないよ」

「むぅ……。ならばジャスカを若様の護衛にして、命をかけて若様を護《まも》らせます」

「え、いや、そんな必要はないから」

「いいえ、若様を襲った罪は、若様をお護りすることで償わせます」

「しかし、ジャスカの気持ちもあるし。これからいくところは戦場だし……」

「ジャスカの気持ちなど関係ありません。それに、あれでもS級ソルジャーですから、多少は役にたちましょう」

「え、S級ソルジャーッ⁉」

この国には3大ギルドというものがある。

魔法使いのウィザードギルド、錬金術師のアルケミストギルド、剣士や格闘士など物理職のソルジャーギルドの3つだ。

どのギルドも大きな力を持っていて、国防にも大きく関わっているので、3大ギルドと呼ばれるようになったらしい。

ウィザードギルドとアルケミストギルドのことはいつか説明するとして、今はソルジャーギルドについて説明しようと思う。

ソルジャーギルドは、初心者のG級から、F級、E級、D級、C級、B級、A級、S級というソルジャーランクがあって、S級の上に剣王、剣王の上に剣聖がいる。

剣聖、剣王、S級は定員があって、剣聖が1人、剣王が3人、S級が10人だったはずだ。つまり、S級以上のソルジャーはたった14人しかいない。

この14人がソルジャーギルドの頂点であり、とても人間とは思えない強さらしい。

僕の目の前に、そのS級ソルジャーがいる……。顔をボコボコに腫らしているので、なんの威厳もないんだけど。

「でも、僕はS級ソルジャーを雇えるほどのお金は持っていないよ」

そう、S級ともなれば、雇うのに莫大《ばくだい》な契約金と報酬が必要になる。

S級ソルジャーというのは、それほどの存在なんだ。

「先ほども申しましたが、これは罪滅ぼしです。契約金や報酬は必要ありません」

「そんなわけには、いかないよ……」

「ならば、ジャスカの命を――」

「わ――っ！　……ジャスカは報酬なしでいいの？」

「クソ師匠がここにいるんなら、それでいい」


師匠にクソをつけるのはどうかと思う。だけど、この伯父と姪は師弟関係なのか……？


『くくく、ザックに惚《ほ》れ込んでついてきてくれるわけじゃないのは、残念だったな』

『僕はそんなこと思っていないから！』

「分かったよ、カルモンの言うようにするから！」

「ありがたき幸せでございます。若様」

経緯《いきさつ》はどうあれ、S級ソルジャーが味方になってくれたのは、とても心強い。

008―貴族の四男、策謀する

町を出て進軍した僕たちは、アスタレス公国軍と睨《にら》み合うケントレス侯爵軍と合流した。

先ほどから、肌を刺すようなピリピリとした感じがする。これが戦場の空気なんだろう。

「ケントレス侯爵は下手を打ちましたな」

「どういうこと？」

「敵は丘の上からこちらを見下ろしていて、戦場全体の動きが分かりますが、こちらはその逆で戦場全体が見えづらい」

アスタレス公国軍は国境を越えてケントレス侯爵領の丘陵地帯に布陣していて、対するケントレス侯爵軍は平地に布陣している。

カルモンが言うには、戦力もアスタレス公国軍のほうが多く、不利な布陣と合わせると、厳しい戦いになるそうだ。そういうものなのかと感心してしまう。

「若様は初めての戦場なのに、あまり緊張しておりませんな？」

「僕自身も、緊張や萎縮がないのにびっくりしているんだ。この戦場独特の雰囲気って、なんだかいいよね」

「……緊張しないのはいいですが、怖さを覚えないのは無謀に繋がりますので、心に留め置いてください」

「うん、分かった」

カルモンは不思議そうな顔で僕を見る。

僕はボッス伯爵や他の貴族たちと共に、ケントレス侯爵へ挨拶に向かった。

僕は、ケントレス侯爵とは些《いささ》か因縁がある。僕とあのケリス・アムリスとの婚約を仲介したのが、前ケントレス侯爵なのだ。

前ケントレス侯爵は僕の祖父と親交があったため、善意で仲介してくれたんだと思うけど、結局僕は婚約破棄されてしまった。

そのおかげで、元々なかったケンドレー家での僕の居場所は、屋敷内ではなく納屋になってしまった。

別に、ケントレス侯爵家を憎んではいないし、恨み言を言うつもりもない。でも、よい感情も持ってはいない。

ケントレス侯爵家も、あの一件で顔を潰されたようなものなのだから、被害者の1人なんだと考えておこうと思う。そのほうが、僕の感情をコントロールしやすいし。

「ボッス伯爵、援軍感謝する」

「ケントレス侯爵、戦況はどのような感じですかな？」

挨拶をして、すぐに席についた僕たちは、ケントレス侯爵の部下でヒースローと名乗った細身の壮年の男性から説明を受けた。

その説明によると、アスタレス公国軍が丘の上に布陣して数日が経過しているけど、その間ずっと睨み合っているらしい。一度も小競り合いすらなく、アスタレス公国軍は動く気配を見せていないそうだ。

『これは、陽動じゃないか？』

『陽動？』

『アスタレス公国の戦力はどれくらいだ？　あの丘の上にいる兵数が目一杯なのか？』

『……僕には分からないよ』

スーラが言うように、もし陽動なら他のところに攻め込んでくる勢力や軍がいるということだ。

『ふむ、なるほど……』

『ん、どうしたの？』

『明日、こちらから攻めることになるが、そのタイミングで裏切る奴がいる』

『え!? なんでそんなことが分かるの？』

『ふふふ、俺には未来予知というスキルがあるんだよ』

『未来予知？ スキル？ 何それ!?』

『魔法のようなものだ』

魔法のようなものということは、魔法に近いけど魔法じゃないってことだよね？

スーラは色々と秘密を抱えているんだと思う。それが、僕に言う必要のない秘密なのか、僕には言えない秘密なのか、それとも僕が知ってはいけない秘密なのかは分からないけど、スーラが言おうとしないのなら、僕も聞かないでおこう。

『それで、その未来予知というのは、未来が見えるってことでいいのかな？』

『厳密に言えば、未来の可能性が見えるんだよ』

『未来の可能性……？』

『未来は必ずしも1つじゃない。2つや3つ、場合によっては100や1000の未来があるかもしれない』

『……それって、関わっている人や存在の数だけ、未来の可能性があるっていうことかな？』

『いいぞ、その通りだ。やっぱりザックはロドスと違って頭の回転が速い』

『えへへ……そうかな？』

祖父にしか褒められたことがないので、誰かに褒められることに慣れていない。でも、褒められるのはとても嬉しい。

『いいか、未来予知で見えるのは可能性であって、確定した未来ではない。今回は、明日の昼くらいの話だから、すでに公国軍と内通している奴がいるとみていいだろう。部隊の配置でいくと、左翼の後方の奴だ』

『左翼の後方……』

丁度今は、軍議が進んで配置の話になっている。

ボッス伯爵と僕を含む寄子たちの軍は、中央の左側に配置されることになった。そして、問題の左翼の後方に配置されるのは、キャムスカ伯爵とその寄子たちの軍になる。

キャムスカ伯爵は、明るい茶色の髪の毛を肩まで伸ばしたハンサムな人物で、まだ25歳くらいに見える。

たしか、キャムスカ伯爵はクソオヤジと親交があったはずだ。

そこそこ遠くにあるキャムスカ伯爵家で開かれるパーティーへ、クソオヤジがよく出かけていっていたのを覚えている。

もちろん、僕がクソオヤジからそのことを直接聞いたわけではないが、そういう話は家臣や使用人の間で話題に上るので、自然と僕の耳にも入ってくる。

『元々数で不利、地形的にも不利、そしてあのキャムスカってのが裏切ることで、とどめを刺してしまうってわけだ。もしかしたら、この不利な状況もキャムスカが謀った結果なんじゃないか?』

『……考えすぎでは?』

『考えすぎくらいのほうが、長生きできるんだぞ』

『そうかな……』

軍議中、僕はスーラと今後の対応を話し合った。

スーラが見た未来を、ボッス伯爵やケントレス侯爵に話すことはできない。面倒なことになるからとスーラが止めたのもあるけど、僕自身、これは非常にマズイことだと考えている。

キャムスカ伯爵はクソオヤジと親交があり、クソオヤジは今回の戦いに消極的だった。

つまり、かなり高い確率で、クソオヤジはキャムスカ伯爵と繋がっていると考えられる。

そうなると、クソオヤジはアスタレス公国と、少なくとも間接的には繋がっているということだ。

もしも、クソオヤジがアスタレス公国に同調したということであれば、それは謀反《むほん》ということだ。クソオヤジが謀反したとなれば、その息子である僕もただでは済まない。謀反は一族郎党が死罪になる大罪だ。

あのクソオヤジの巻き添えを食って死罪になるのは勘弁願いたい。死にたいなら、僕を巻き添えにせずに死んでほしい。僕は絶対に止めないから。

軍議の後、僕はボッス伯爵を訪ねた。スーラと打ち合わせた内容を提案するためだ。

「すると、夜襲をしたいと言うのだね？」

「はい、僕の部隊だけで構いません。許可いただけないでしょうか？」

「ケンドレー家の兵だけでか……」

ボッス伯爵は腕を組んで考え込んだ。

「そうだな。３日間、小競り合いすらないと聞いている。敵の警戒も緩んでいるかもしれないから、ケントレス侯爵に提案してみよう」

「ケントレス侯爵に話す時に、他の人物には聞かれないようにしていただきたいのですが」

「む？　情報漏洩《ろうえい》を懸念しているのかね？」

「少人数での夜襲なので、少しでも情報が洩《も》れたら、僕の部隊はお終《しま》いですから」

「ふむ、分かった。そうしよう。それと、その夜襲部隊には、私の部下も参加させてもらうよ」

「それは……」

「そんなに警戒しなくていい。この夜襲を提案したのはザック殿だ。指揮権は君にある」

「……分かりました」


別に指揮権がほしいわけじゃない。僕はこの夜襲で敵の総大将の首を狙うつもりなので、力の出し惜しみをするつもりはない。

身体強化魔法と重力魔法を駆使して、総大将を討つ。だから、邪魔になる兵士は要らないというだけなんだ。

もし、この夜襲で総大将の首をとったら、その功績でクソオヤジと縁を切らせてもらおうと思っている。

そうなれば、今後はクソオヤジが何をしようと、僕には関係ない。たとえクソオヤジが謀反しようともね。

▽▽▽

ザック・ケンドレーがまさか夜襲を提案してくるとは思ってもいなかったが、剣聖アバラス・カルモン・マナングラードがいるのだから、不思議ではないか。

しかも、S級ソルジャーである閃光《せんこう》のジャスカまでいると聞く。あの2人がいるのであれば、夜襲も悪くないだろう。

しかし、剣聖は隠棲《いんせい》して行方《ゆくえ》が分からなくなっていたはずだ。なぜ、あの若者に従っているのか？

前ケンドレー男爵といくら親交があったにしても、ザック殿に従う理由にはならないはずだが……。いずれにしろ、これはチャンスだ。我がボッス伯爵家も一枚嚙《か》ませてもらうとするか。

「そうだな。3日間、小競り合いすらないと聞いている。敵の警戒も緩んでいるかもしれないから、ケントレス侯爵に提案してみよう」

「ケントレス侯爵に話す時に、他の人物には聞かれないようにしていただきたいのですが」

どういうことだ？

「む？　情報漏洩を懸念しているのかね？」

「少人数での夜襲なので、少しでも情報が洩れたら、僕の部隊はお終いですから」

まさか、味方の中に敵に通じている者がいるというのか？　……もしそうなら、誰だ……？

「ふむ、分かった。そうしよう。それと、その夜襲部隊には私の部下も参加させてもらうよ」

「それは……」

分かっている。剣聖と閃光の2人の邪魔にはならないように、しっかりと言い含めるつもりだ。

「そんなに警戒しなくていい。この夜襲を提案したのはザック殿だ。指揮権は君にある」

「……分かりました」

承知してくれたか。これで夜襲が成功すれば、我が家も中央で勢力を増せるというものだ。

009—貴族の四男、総大将の首を狙う

夜陰に紛れて僕たちは移動している。兵士全員に夜目の強化を施しているので、視界はクリアだ。剣を強化できるんだから、人間も強化できるはずだろ？　とスーラは簡単に言ってくれた。

おかげで、僕直属の老兵士たちだけでなく、ボッス伯爵の１００人もの兵士たちにも夜目の強化をする羽目になってしまった。

でも、クリアになった視界によって、１３０人全員が問題なく移動できるのは大きい。

丘を大きく迂回《うかい》するように進んで、アスタレス公国の陣地の後方の林に入った。

「カルモン、例のものは用意できている？」

「もちろんでございます。おい、あれを」

老兵士の1人が、ずっしりと重い背負い袋を渡してきた。こんなに重い背負い袋を背負ってこられたのも、体に身体強化を施したからだ。もちろん、全員に……。

「それじゃあ、木の上に登るね」

「お気をつけて。ジャスカ、お供しろ」

「分かった」

ジャスカが僕に続いて木に登る。

僕は、身体強化しなくても木登りはできるけど、重い背負い袋を背負っているので、身体強化する。

できるだけ高い場所にあって、僕が乗っても折

れそうにない枝の上に座る。

「見晴らしがいいですねー。若様のおかげで夜でも見えるし、おまけに遠くまで見える。身体強化魔法って、すごい魔法なんですね」

「ジャスカ、あまり大きな声を出さないでね」

「あ、すみません……」

はしゃぐジャスカは置いておいて、僕は敵の陣地を眺めた。

「敵は油断していますね」

「うん、それじゃ始めるよ」

「はい」

背負い袋を体の前で抱きかかえるように持ちなおす。

背負い袋の中に手を入れて、入っているものを取り出す。

ひと摑みで数個取れたのは、小石だ。カルモンに頼んで集めておいてもらった数個の小石を、右手の中指、薬指、小指で握り込むと、人差し指を軽く曲げてその上に1個を乗せ、親指で弾く。

小石はものすごい速度で飛んでいき、敵の陣の見張り台にいた兵士の額に当たってめり込んだ。

スーラに急《せ》かされて何度も繰り返し訓練したおかげで、こういった芸当ができるようになったんだけど、こんなことを考えたスーラは本当に頭がいい。僕は、次から次へと小石を弾《はじ》いて、見張りの兵士たちを殺していった。

今は人を殺したことは考えない。考えてしまうと、僕の指が動かなくなるかもしれないから。とにかく小石を弾くことに集中する。

「若様。それでは、いってきますね」

「僕も後からいくから、よろしくね」

「任せてください」

見張りを粗方始末《あらかた》したのを見たジャスカは、枝から飛び降りた。

15メートルくらいはある高さなのに、躊躇《ちゅうちょ》なく飛び降りた。ジャスカは、普段からこんなことをしているんだろうか？　身体強化してあるからじゃないよね？

ジャスカが飛び降りると、カルモンが指揮する兵士たちが敵の陣地へと進んでいく。

僕は、皆が敵陣に入るまで、ここで援護をする。いくら見張りを掃討しても、巡回している見張りもいるので、そういった敵に小石を弾いて無力化するのが、僕の最初の役目だ。

カルモンたちが敵陣に辿りついた。

物陰から現れた敵の兵士に、ジャスカが一瞬で間合いを詰め喉を剣で切り裂いた。

うわ、痛そう。こうして俯瞰《ふかん》していると、切られた兵士の痛みのようなものが伝わってくる気がする。ダメだ、そういったものに取り込まれたら、戦えなくなる。気を強く持つんだ。

『あの嬢ちゃん、S級ソルジャーというだけあって、なかなかやるな』

『ジャスカだけじゃなく、ボッス伯爵のところのあの隊長も、かなりの使い手だよ』

僕の視線の先には、今回の夜襲に参加したボッス伯爵の部隊の隊長の姿がある。

名前はキグナス・ログザで、騎士爵と言っていた。

僕よりも10歳くらい年上に見えるので、この戦場にいる貴族たちの中では、かなり若いほうであるログザ殿は、昼間なら太陽の光を浴びて光り輝くだろう見事な金髪が特徴の美男子だ。

そのログザ殿が思い切りのよい踏み込みで敵兵

を切り飛ばした。

そう言えば、カルモンが剣を抜いたのを見たのは初めてかもしれない。すごく鋭い剣筋で敵兵を真っ二つにしていく姿は、まるで剣神のようだ。この戦いが終わったら、お別れするのがとても惜しい人物だと思う。


『早くいかないと、美味しいところを全部オッサンに持っていかれるぞ』

『そうだね、急いでいくよ』


スーラの言う通り、カルモンがすごい勢いで敵陣に切り込んでいる。

僕は、敵陣から木の下に視線を移した。10人の老兵士が僕を待っている。

その10人の前に飛び降りた。ちょっと怖かったけど、やってみると意外となんでもなかった。


『身体強化は他人にかけるより、自分にかけた時のほうが効果が高いんだよ』

『そうなんだ。スーラは本当に博識だね』

『これでも、数千年以上生きているからな』

『うわ、お爺ちゃん!?』

『誰がお爺ちゃんだ!? ぶっ飛ばすぞ!』

『あははは、ごめん。ごめん』


老兵士たちを引き連れて敵陣に向かう。

身体強化のおかげで、老兵士たちがまるで若い兵士のように駆ける。


「皆さん、命が一番大事なので、危なそうなら逃げてくださいね」

「へへへ、若を置いて逃げるわけにはいきませんので、逃げる時は若も一緒ですよ」


クリットがそう言った。若い人でも出せないような速度で走っているのに、平気な顔をしている。

「僕も、こんなところで死にたくはないので、危なかったら逃げますよ」

「それを聞いて安心しました。でも、少しは無茶《むちゃ》をするおつもりなんでしょ？」

「……よく分かりますね」

「無駄に年はとっていませんから」

ケンドレー家の人間は腐った奴らばかりだけど、家臣はいい人が多いよね。あんな家には勿体ない人物たちだ。

「それでは、お互いに無理せず無茶をしましょう」

「若様についていきます」

僕は剣を抜くと、目の前に現れた敵兵を切った。鎧《よろい》を着ているので首を狙う。身体強化のおかげで一撃で首が宙を舞った。

「若様、やりますね！」

クリットもしっかりと、敵兵の首に剣を刺しているじゃないですか。

「敵の総大将の首を取りますよ」

「そりゃまた、大それたことを考えますな。でも、それくらいの無茶のほうが、しがいがあるってものです！」

敵兵を切り捨てながら、僕とクリットは総大将のテントを目指して突き進む。

カルモンたちが焚火《たきび》をひっくり返したので、あっちこっちのテントが燃えている。

その奥にまだ燃えていない、ひと際大きくて立派なテントが見えた。多分、あれがアスタレス公国軍の総大将のテントだ。

「どけっ、邪魔だ！」

剣を振り抜き敵兵を切り倒しながら、大きなテントを目指す。

今回、アスタレス公国軍を率いているのは、公太子のアルフレッド・アスタレスだと聞いている。

もし、ここでアルフレッドの首を取れば、間違いなくアスタレス公国軍は自国に帰るだろう。

総大将である公太子が死んだら、アスタレス公国軍は軍を引かざるを得なくなる。僕はそれを狙っているんだ！

「若様！」

「ジャスカ！」

僕の10メートルほど前を、ジャスカが走っているのが見えた。

ジャスカも大きなテントを狙っているようで、彼女のほうが先にテントに入った。公太子の首を取られてしまったかな？

テントの中から悲鳴が聞こえた。腕を通さず、上着を羽織った人物がテントを切り裂きながら転がり出てきた。

聞いていたアルフレッド公太子の容姿にとても似ている。僕にもまだ運があるようだ！

しかし、こんな時でも上着を着たいのかな？

高貴な人が考えることは理解に苦しむ。僕なら、下着だけだったとしても、走って逃げる自信があるよ。

「アスタレス公国公太子アルフレッド・アスタレス殿とお見受けします。僕はアイゼン国の兵、ザック。お命もらい受けます！」

「雑兵《ぞうひょう》がぁ、下がれっ！」

アルフレッド公太子がやみくもに振り回す剣を躱すと、その脇腹めがけて切りつけた。

「ぎゃぁぁぁっ!?　痛い、痛いよぉ……」

アルフレッド公太子は、子供のように地面を転げまわる。

「若様、とどめを！」

クリットが僕を促してくる。僕はアルフレッド公太子の上に馬乗りになって、剣を首に押し当てた。

僕を見るアルフレッド公太子の目には、恐怖と恨みが入り混じっている。その眼差《まなざ》しに僕は、いつか自分もこんな目に合うのかも知れないと思い、恐怖を感じた。

「若様！」

「若様！」

カルモンとジャスカの声で僕は我に返って、アルフレッド公太子の首へ剣を押し込んだ。血が噴き出し、僕の顔を返り血が染める……。

「ケンドレー男爵家のザック様が、アスタレス公国公太子アルフレッド・アスタレスを討ち取ったぞ！」

「ケンドレー男爵家のザック様が、アスタレス公国公太子アルフレッド・アスタレスを討ち取ったぞ！」

「ケンドレー男爵家のザック様が、アスタレス公国公太子アルフレッド・アスタレスを討ち取ったぞ！」

カルモン、ジャスカ、クリットが口々に、アルフレッド公太子を討ち取ったことを大声で叫んだ。その声を聞いた敵兵は、戦意を喪失して逃げ出していく。

「若様！」

カルモンが差し出してきた手を、数秒見つめてから摑んだ。

「「ケンドレー男爵家のザック様が、アスタレス公国公太子アルフレッド・アスタレスを討ち取ったぞ！」」

皆が連呼する声を聞きながら、カルモンに手を引かれて立つ。カルモンの手を摑んでいない左手には、アルフレッド公太子の首を持って……。

「若様、その首を掲げてください」

「これを……？」

「まだ抵抗するアスタレス公国の兵たちに、しっかりと見えるように掲げるのです」

「……分かった」

僕は髪の毛を鷲摑《わしづか》みにしているアルフレッド公太子の首を、高らかに掲げた。

「ケンドレー男爵家のザック様が、アスタレス公国公太子アルフレッド・アスタレスを討ち取ったぞ！」

カルモンが、鼓膜が破れそうな大声でまた叫んだ。耳が痛い。

『運がよかったな。それとも、敵が間抜けで助かったと言うべきか』

『運がよかったんだよ』

『そうだな。重力魔法を隠したまま戦いを終わらせたんだ。運がよかったな』

スーラに言われて気づいたけど、僕は重力魔法を使わなかった。戦場の空気に飲まれていたのか、すっかり忘れていた。どうせ叱られるだろうから、忘れていたことはスーラには内緒《ないしょ》にしておこう。

■■■■■■■■■■■■■■

010―貴族の四男、戦功を立てる

■■■■■■■■■■■■■■

僕は、アスタレス公国軍の陣の真ん中で立ちすくんでいる。

転がっている多くの死体。燃え盛るテントや物資。

僕がこれをやった張本人なんだと思うと、自己嫌悪感と高揚感が混在する、なんとも言えない感情に囚われる。

だけど、成り上がるためには、これからもこういった死体の山を築き、敵を業火で焼き尽くしていく気持ちを持ち続けなければいけない。

「若様、ここにも火が回ってきます。あちらへ」

「……カルモン、僕はこれでよかったのかな？」

僕の質問に、カルモンは顔を引き締めた。

「若様。アスタレス公国の者たちは、この国を奪いにきたのです。土地を奪い、そこに住む人々の財産、そして命までも奪うのです。アスタレス公国がよくて、若様がダメだと誰が言えましょう。これは戦争なのです。勝った者が奪い、負けた者は奪われるのです」

「……分かっている。分かっているけど、僕はたくさん殺してしまった。この手が血で染まっていく……」

「酷なことをいいますが、慣れてください。相手がアスタレス公国でもモンスターでも、戦って勝たねば、若様が死ぬのです」

カルモンの言うことは理解できる。しかし、頭では理解できても、心がそれについていかない。

「もう、朝を迎えます。いきましょう」

空が白んできている。今日もいい天気になりそうだ。僕の心も晴れていくのだろうか？　この凄惨な戦場を忘れることができるのだろうか……。

「そうだね」

カルモンに促されて足を動かす。

皆のところにいくと、老兵士たちがせっせと戦利品を荷車に積み込んでいた。勝てば奪う……。それを体現している光景だ。

老兵士たちは、アスタレス公国が残していった荷車に、手際よく戦利品を積み込んでいく。その荷車の傍《かたわ》らには、縄で縛られた30人ほどの人たちがいる。捕虜になった人たちだ。

捕虜が貴族の当主や嫡子だと、捕虜交換でいいお金になると聞いたことがある。

戦場は勝った者が潤うけど、戦費がバカにならないので、実際のところは大勝ちしないと儲《もう》からないらしい。今回は……。

「若様！　若様のおかげで大勝ちですよ！　見てください、この金銀の山を！」

クリットがいい笑顔でそう言ってきだ。ジャスカも、たくさんの荷物を荷車に運んでくる。さすがS級ソルジャー、力持ちだね。

「あの公太子のテントにたくさんの金貨や銀貨がありましたよ。若様、久しぶりの大仕事ですよ」

ジャスカもクリット同様、とてもいい笑顔だ。

だけど、僕には大仕事ではなく、火事場泥棒《どろぼう》にしか見えない。ははは……はぁ……。

「若様、いい馬がありました。これは一日中飛ぶように走ると言われる万斗馬《ばんとば》ですよ。多分、公太子の馬だったのでしょう、鞍《くら》も高そうなものがありましたよ。ははははは」

クリットが僕にその馬の手綱を握らせてきた。


「これは、若様が使ってください」

「え？　でも、僕は馬に乗れないし……」

「馬に乗れないのなら、訓練して乗れるようになればいいのです。これだけの戦果を挙げたのです。最低でも騎士爵は間違いないでしょうから、馬は要りますよ」

『もらっておけ、爺様の言う通りだ』

『でも、こんないい馬……』


万斗馬は、王族でも所有できないほどいい馬だと、聞いたことがある。戦利品とは言え、僕のような若造がそんな馬に乗っていいものなんだろうか？


『お前は成り上がるんだろ？　だったら、馬や鎧、そして剣はいいものを身につけろ。他の貴族に侮られるぞ』

『そ、そうだね。分かったよ、この馬をもらうよ。乗れないけどね』

『乗れないなら、馬と血の契約を結べばいい。そうすれば、喋れなくても考えていることがなんとなく分かるようになるから、意思疎通ができて手綱さばきなんて必要なくなる』

『血の契約って便利だね』

『あまり使いすぎるなよ。契約数にはキャパがあるからな。これぞという奴とだけ契約するんだ』

『分かったよ』

「ありがとう、クリット。大事に乗らせてもらうよ」

「はい」

クリットは再び戦利品を漁《あさ》りに向かった。僕は万斗馬と向き合い、その目をじっと見た。優しい目をしている。

「僕が乗ってもいいかい？」

「ブル」

いいよと言ってくれた気がした。

「僕と契約してほしい。いいかな？」

「ブル？」

「痛くないよ、大丈夫だから」

「ブル」

この状態でも、なんとなく言っていることが分かる気がする。なんでだろう？

「それじゃ、契約するからね」

万斗馬が首を下げてきたので、僕は人差し指を剣で切って万斗馬の額に当てた。

「血の契約、万斗馬を我が眷属とせん！」

一瞬、万斗馬がうっすらと輝いた気がした。

「契約できたの？」

「え？　喋った？」

「あ、ご主人様の言葉が分かるよ！」

「ぼ、僕も万斗馬の言葉が分かる……」

『こりゃいい。こいつは万斗馬じゃなくて、アルタイルホースだ』

『アルタイルホース？』

『天翔《あまか》ける天馬だよ。モンスターだけど、幼い時は普通の馬に見えるんだ』

『モンスター……』

『万斗馬以上にレアな馬だぜ。よかったな。ははは』


笑い事ではないような気がする。僕はどうすればっ？


「万斗馬なんて言わないでよ。そうだ、僕に名前をつけてー」

「えーっと、名前はないの？」

「うん、ないよ」

「そうなんだね……それじゃ……アルタはどう？」

「アルタ……。うん、僕はアルタだよ！　ありがとね、ご主人様！」


喜んでくれて何よりだよ。あ、そうだ、僕を乗せてくれるかな？


「アルタ、僕を乗せてくれる？」

「いいよ。乗って乗って～」


僕は初めて馬に乗る。実際にはアルタイルホースというモンスターだけど、どっちにしても初めてなのは変わらない。

なんとかアルタの背に跨《また》がった僕は、今までとはまるで違って見える景色《けしき》に、目を輝かせた。さっきまで落ち込んでいた自分が、嘘のようにはしゃいでいるのが分かった。


「素晴らしい眺めだよ。ありがとうね、アルタ」

「いつでも乗ってね」


僕はアルタの背に跨ったところから、見える景色を堪能《たんのう》した。

アルタがゆっくり歩いてくれたので、気分がとてもいい。

ふと視線を動かすと、丘の下から味方の軍がくるのが見えた。先頭にはケントレス侯爵とボッス伯爵が見える。

「ザック殿！」

ボッス伯爵が僕を見つけて馬を走らせてくる。

「大丈夫かね!?」

ボッス伯爵は僕の顔を見るなり、そう聞いてきた。なんでかなと思ったけど、今の僕は公太子の返り血を浴びていて、酷い姿なんだと思い至った。

「返り血です。怪我はしていません」

「そうか、よかった！」

ボッス伯爵が僕と話していると、ケントレス侯爵が割って入ってきた。

「アルフレッド・アスタレス公太子の首を取ったと聞いた。見せてくれ」

公太子のことが気になるのは分かるけど、ケントレス侯爵はすごい喰《く》いつきぶりだ。

「僕はアルフレッド・アスタレスの顔を知りませんが、身なりから彼に間違いないと思います。こちらに」

「うむ」

ボッス伯爵がケントレス侯爵を落ちつかせながらついてくる。

「カルモン、公太子の首を」

「はい、こちらになります」

ボッス伯爵とケントレス侯爵が、公太子の首をまじまじと見つめる。

あんなもの、僕は見たくないけど、2人は50センチくらいの距離からじっと見つめている。

「間違いない。アルフレッド・アスタレスだ。私は二度ほど会ったことがあるが、この目の下の黒子《ほくろ》は、間違いなくアルフレッド・アスタレスだ」

▽▽▽

アスタレス公国軍が退いたため、戦いは終わりかと思ったら、ケントレス侯爵や諸侯が追撃戦を主張したので、追撃戦となっている。

キャムスカ伯爵も、さすがに追撃戦では裏切って公国側につくわけにはいかないようで、自軍を指揮している。

「ザック殿のおかげで、うちのキグナスも多くの首を取ってきた。感謝する」

「僕も、これほど上手くいくとは思っていませんでした」

「公太子の首を取ったのだから今回の戦功第一位は、ザック殿だな。ははは」

「ありがとうございます」

「公太子の首を取ったのだ、領地くらいは与えられるのではないか?」

領地をもらえるのは、とてもありがたい。だけど、それ以上にしなければならないことがある。

「ボッス伯爵にお願いがあります」

「なんだね?」

ボッス伯爵の顔が今までのにこやかなものから、警戒するような表情に変わった。

「僕はケンドレー家と縁を切りたいのです。ですから、ボッス伯爵のお力で、家と縁を切れるように取り計らっていただけないでしょうか」

ボッス伯爵が目を細めた。

「……君は何を言っているのか、分かっているんだろうね？」

「はい、もちろんです」

「理由を聞いてもいいかね？」

「僕がケリス・アムリス嬢に婚約破棄されたことは、ボッス伯爵もご存じかと思います」

「うむ……」

「あれ以来、僕は屋敷の納屋に住んでいます」

「なっ⁉　……それは、婚約破棄されたことが原因なのか？」

「納屋に住む前は屋敷に部屋がありましたが、祖父が亡くなって以来、家族と一緒に食事をしたことはありません」

「……それは、なぜかね」

「僕の瞳が黒いことを気味悪がる、父を始めとした家族全員が、僕を虫けらを見るような目で見ていたのです。そこに婚約破棄もあって、僕の扱いは……。これ以上のことは、言わなくてもお分かりになるかと思います」

「し、しかし……今回はザック殿に戦功を立てさせようと、軍を率いさせたのでは……？」

ボッス伯爵はかなり困惑しているが、核心に触れてきた。

「家族は出兵時に『死んでこい』と言って、僕を送り出しました」

「………」

▽▽▽

まさか、こんな話になるとは思ってもいなかった。

しかし、今回の話が本当であれば、ザック殿がケンドレー男爵家と縁を切りたいというのも、仕方のないことだろう。

だが、その橋渡しをすれば、我がボッス伯爵家とケンドレー男爵家の関係が、拗《こじ》れる可能性が高い。

「しかし、悪いことばかりではないぞ」

今回のことで、上手くすればザック殿は男爵位を得られるだろう。

鼻持ちならないケンドレー男爵家の連中と、勢いがあるザック殿。どちらかを選べと言われれば、ザック殿のほうだろう。

ケンドレー家と縁を切らせたうえで、今回の戦功の褒美を与えてやれば、我が陣営に取り込むことができるかもしれない。

幸いなことに、ザック殿は私をそれなりに信用してくれている。でなければ、あのようなことを頼んだりしてこないはずだ。

それに、ザック殿以外にも、剣聖と閃光姫《せんこうき》という戦力がいる。

貴族でもない人物が持つ戦力としては、明らかに大きなものであり、ここで恩を売っておけば、我がボッス家にとってもプラスになるだろう。

敵対するよりも取り込んだほうが、私にとってもボッス伯爵家にとっても得なはずだ。

011―貴族の四男、貴族になる

アスタレス公国軍の大敗で終わった戦いから1カ月、僕は王都に入っている。

アイゼン国の王都クルグスは、石造りの家が多く立ち並んでいて、人がとても多い町だ。

そんな王都で、国が用意した屋敷に逗留《とうりゅう》させてもらっている僕は、何もすることがないので、3日ほど魔法の訓練に没頭している。

本当は王都見物でもしたいところだけど、下手に外出すると、城から呼び出しがあった時に、すぐに登城することができないので、部屋で大人しく魔法の訓練をしているんだ。

僕に従った30人の老兵士たちとは、ボッス伯爵領で別れようとしたんだけど、皆が王都についてきた。

カルモン、ジャスカ、クリットの3人だけじゃなく、全員が王都にきている。

ジャスカは元々、ケンドレー家とはなんの関係もないS級ソルジャーなので分かるけど、カルモンとクリット、それに老兵士たちはケンドレー家の兵士だと思っていた。

「今さらですよ、若様。今回の戦いに参戦した者たちの中に、ケンドレー家の家臣は1人もいません」

「そうですよ、若様。俺たちは戦争の間だけ雇われているんで、戦争が終わったら好きにしますよ」

カルモンとクリットにそう言われて考えてみれば、家臣やその家族が死ねば遺恨が残る。それを避けるために、全員金で雇い入れた人たちだったのだ。

クソオヤジが僕を本当に死なせようと思っていたんだと、改めて実感した瞬間だった。

「それじゃ、カルモンとクリットは契約が終わったのに、なんで僕についてくるの？」

「今さらですよ、若様」

「本当に今さらですよ、若様」

2人から同時にそう言われて、本当に今さらな気がしてくる。

「某は、若様の祖父であるオットー様に、若様の力になってほしいと頼まれていたのです」

「俺もカルモンの旦那と同じですよ。2人ともオットー様に借りがあるんです。それを返すいい機会だったわけです。もっとも、若様は俺たちが思っていたのとは違って、逞しかったですがね」

「左様《さよう》、クリットの言う通りです。若様は、某ら2人がいなくても立派に戦功を立てていたはずです。まあ、世間知らずなところがありますので、人に騙されそうですが」

なんと、2人は祖父の知り合いだった。しかも、祖父に何かしらの恩を受けて、それを返すためにわざわざ僕に従ってくれていたんだ。祖父を始め、2人にも感謝の言葉しかない。

「今回の戦功で、若様は貴族に叙されるでしょう。家臣は必要でしょう？　某たちを家臣にされてはどうですか？」

「老い先短い2人ですが、若様のために働きますよ」

「2人とも、ありがとう……」

僕はなぜか涙を流した。悲しいわけでもないのに、涙が出るんだ。

そんな出来事があって、カルモンとクリットは正式に僕の従者になってくれた。

ジャスカに関しては、カルモンが無理やり僕の従者にした感じだったけど、嫌がってはいなかったと思う。多分……。


やっと、城からの使者がやってきた。ボッス伯爵からは、最低でも騎士爵に叙されて、小さいながらも領地を拝領できるはずだと聞いている。

ボッス伯爵には大きな借りができてしまった。この恩をいつか返せるといいけど。


カルモンとクリットの2人を伴って、登城する。

城門を通った後でも、いくつもの門を通って馬車は奥へと進む。

この馬車はボッス伯爵に借りたんだけど、貴族になったら自分の馬車を買わないといけないな……。

城のエントランスの前で馬車を降りて、執事に案内してもらって城内へと入っていき、長い廊下を歩いた先の部屋に入る。

「こちらでお待ちください」

「ありがとう」

僕が執事にお礼を言うと、執事はニコリとしてから踵を返して部屋を出ていった。それと入れ違いにメイドが入ってきて、紅茶を淹《い》れてくれる。

「控えておりますので、用がありましたらお声をおかけください」

「あ、うん……。ありがとう」

メイドはドアのそばに立って微動だにしない。疲れないのかな？

紅茶はとても美味しく、飲みやすい温度だった。

メイドに紅茶を淹れてもらったのはいつ以来かな……？　覚えていないや。

僕の前のソファーに座っているカルモンが、大きな体で小さなティーカップをつまんで飲む姿はなかなか面白い。

「某の顔に何かついていますかな？」

「いや、カルモンがティーカップを持つと、ティーカップがとても小さく見えるんだと思ってね」

「こういった洒落《しゃれ》た器より、ジョッキのほうが某には似合っていますからな。ははは」

僕とカルモン、クリットが他愛《たわい》もない話をしていると、ノックがあって執事が部屋に入ってきた。

「ザック様、準備ができましたので、ご案内いたします」

今の僕は、ただのザック。すでにケンドレー家とは縁が切れている。

「分かりました。2人とも、いってくるよ」

「ご武運を」

「褒美をもらうだけです。気軽にいってきてくださいや」

僕は2人に頷いた。ここからは僕1人だ。誰も助けてくれないけど、不安はない。

『俺がいるからな』

『僕もいるよ』

そう、僕にはスーラとアルタがいる。心強い僕の眷属であり、仲間だ。

執事についていくと、いつの間にか赤くて毛足の長い絨毯《じゅうたん》の上を歩いていた。

とても柔らかな感覚になっていたのに気づかなかった。緊張しているのかな。

大きな両開きの扉の前で止まる。扉の両脇には兵士が2人ずついる。

「ザック様をお連れしました」

執事は兵士の1人にそう言うと、僕のところまで下がってくる。

「ここでお待ちください。他の方々もすぐに参られます」

「はい、ありがとう」

執事が言ったように、すぐにボッス伯爵やケントレス侯爵、軍議の場で見たことのある貴族の面々がやってきた。

僕は、そういった貴族たちの一番後ろに並んだ。

兵士が僕たちの来場を告げると、大きな扉が開いていく。

皆に続いて中に入ると、空気ががらりと変わったのを感じた。

国王は数十メートル先の三段高い場所の玉座に座っている。あれが国王なのか、初めて見たよ。

赤い絨毯の上をゆっくりと進んでいく。

両サイドには貴族が百人以上並んで立っている。

皆が止まったので僕も止まり、そこで右膝を絨毯に下ろして頭を下げた。

「これより、アスタレス公国の侵攻を防ぎ、公太子アルフレッド・アスタレスを始めとする、多くの者を討ち取ったことに対する褒美を与える」

国の重臣の誰かがそう言うと、最初にケントレス侯爵の名が呼ばれた。

「ジョセフ・ケントレス侯爵は兵を指揮し、アスタレス公国軍をよく防ぎ、多大な成果を挙げた。よって大金貨100枚を与える」

このアイゼン国は、自国で貨幣を鋳造している。下は紙幣から銅貨、白銅貨、銀貨、金貨、大金貨があって、10枚単位で貨幣の価値が上がっていく。

この王都では、僕がよく食べていた硬いパンが紙幣5枚くらいで買えるし、安宿なら白銅貨2枚で泊まれる。

一般的な鉄の剣だと金貨3枚くらいなので、大金貨はとても大金だ。しかし、ケントレス侯爵は一番多くの兵を出しているから、大金貨100枚でも採算がとれるかどうか、微妙なところじゃないのかな？

ボッス伯爵も褒美をもらい、他の貴族たちも次々と褒美をもらう。僕は最後のようだ。

「臣ザックは、アスタレス公国の総大将であり公太子である、アルフレッド・アスタレスを討ち取り、ジャガン伯爵、ソップ子爵などを捕縛した。よって男爵に叙し、ロジスタの地を与える」

男爵か、クソオヤジと一緒の爵位だ。

しかし、ロジスタという土地は、どこにあるのだろうか？

「ザックは、これよりザック・ロジスタと名乗るがよい」

「は、ありがたき幸せに存じます」

僕はこうして、ザック・ロジスタとして貴族になった。

控室に戻る途中、ボッス伯爵が声をかけてくる。

「これから説明があると思うが、ロジスタは、アスタレス公国と魔の大地と言われる場所に囲まれた場所だ。肥沃《ひよく》な土地だが、モンスターが多いと聞く。何かあったら遠慮なく言ってくれ」

「ありがとうございます。ボッス伯爵に受けたご恩は忘れません」

「何、これくらいはな。ははは」

どうやら、僕が拝領したロジスタという土地は、アスタレス公国と魔の大地に接している、厄介な場所のようだ。

魔の大地は、恐ろしいモンスターが跳梁跋扈《ちょうりょうばっこ》している土地なので、モンスター対策に頭を悩ませることになるかもしれない。

『モンスターは金になるんだから、狩りまくればいいんだよ。それに、アスタレス公国との国境がどうなっているか、しっかり確認しないといけないから、まずは情報収集からだな』

『そうだね……』

僕は控室に戻って、男爵になったこととロジスタ領を拝領したことを、カルモンとクリットに報告した。

「おめでとうございます、若様。いや、もうロジスタ男爵ですね」

「ありがとう、カルモン。これからもよろしく頼むよ」

「男爵になっても俺を捨てないでくださいよ、若様。じゃなかった、ロジスタ男爵様」

「クリットも僕を捨てないでよ」

「もちろんですよ！」

しばらく3人で話していたら、扉をノックする音が聞こえた。入ってきたのは、50歳くらいの文官だった。

「私は国土地理院の管理官をしております、アルムリド・サイジャスと申します」

「僕は、この度男爵に叙されました、ザック・ロジスタです」

お互いに挨拶していると、数人の男性が紙の束を持ち込んできた。

「これから、ロジスタ領についての説明と、譲渡契約を交わさせていただきます。しばらく我慢してください」

我慢って、面倒な話なのかな？

「………」

情報を詰め込みすぎ！　もう疲れたよ！　5時間くらいかかった……。

サイジャス管理官は5時間ぶっ通しで説明して、最後に領地の譲渡契約書に僕がサインしたら帰っていった……。文官、恐るべし！

012―新興貴族、領地に入る

叙任初日は、国土地理院から領地の説明と譲渡契約。

その後は財務省で税金の説明。

軍務省では兵士の数についての説明と、もしもの時の対応についての説明。

紋章院では紋章の登録。などなど。

「やっと終わった……」

王都での煩雑な手続きが、やっと終わった。

「殿、お疲れ様です」

最近の僕は、貴族になったこともあって、殿と呼ばれている。若様って呼ばれるのも、祖父が死んでからは、カルモンたちに会うまでなかったことだし、殿って呼ばれてもピンとこない。

「本当に疲れたよ、カルモン」

今の僕の家臣はカルモン、クリット、ジャスカ、そして28人の老兵士たち。圧倒的に文官が足りなかった。

僕が貴族になったことで、たくさんの仕官希望者が押しかけてきたけど、結局採用したのは5人だけ。武官が1人、文官が3人、錬金術師が1人。

35歳のゼルダ・エンデバーは知将型の武官で、剣の腕はそこそこだけど、カルモンの昔馴染《むかしなじ》みということもあって仕官してくれた。

元A級ソルジャーで剣の腕は達人ではないけど、弓の名手。何より戦術や戦略に天才的な才能があると聞いている。

28歳で金髪をポニーテールにしているアンジェリーナ・ザルファは、財務管理が専門分野ということで採用した。

美人だけど勝気そうな性格で、近寄りがたい雰囲気を醸し出している。

22歳の茶髪のセミショートのジェームズ・アッシェンは、農地開拓が専門分野ということで採用した。

僕が言うのもなんだけど、見た目は冴えない感じの青年。ただし、農業だけでなく植物全般に関しての知識がすごく豊富で、植物をこよなく愛する心優しき青年といった感じだと思う。

17歳で淡いピンクのロングヘアが特徴的なセシリー・イズミナスは、紋章オタクと自負している変わった少女。

紋章のことについては、誰よりも知識があると豪語している。まあ、オタクなので、そっち系の雰囲気のある美少女だね。

最後は見た目30代後半なんだけど、年齢を聞いても教えてくれなかった年齢不詳の錬金術師、オスカー・エリム。

ソルジャーギルドと同じように、アルケミストギルドにもランクがあって、初心者の5級から4級、3級、2級、1級があり、その上に上席錬金術師、さらに上に錬金王がある。

錬金王は1人、上席錬金術師は5人、1級が20人という定員があって、オスカーは1級錬金術師なので、錬金術師として大成していると言っても過言ではない優秀さだ。

ただ、面接して感じたのは、人格が破綻しているようだということだった。だから、採用を見合わせようかとも思ったんだけど、なんでも1級錬金術師なんて滅多に外に出てこない引きこもりばかりで、薬や金属の知識に関してだけは頼もしい存在らしい。そんな、引きこもりの1級錬金術師が仕官したいだなんて、二度とないチャンスだからと、クリットが強く薦めるので採用した。


そんな5人を加えて、僕たちは領地へ向かった。


馬2頭が牽く荷車20台が進む。

この馬も荷車も、アスタレス公国の陣から鹵獲《ろかく》したもので、荷車に載っている小麦、武器、防具、生活雑貨、金貨、銀貨なども、ほとんどがアスタレス公国軍からいただいたものだ。

僕にとってアスタレス公国は、富と権力を与えてくれた国なので、感謝している。


『ザック。アスタレス公国に足を向けて寝られないな』

僕の肩の上に出てきて景色を楽しんでいたスーラが、不意に念話で語りかけてきた。

スーラはモンスターのスライムだけど、僕がテイムしているモンスターだと言ったら皆が受け入れてくれた。黒いスライムなので、ちょっと変な目で見られたけど。

僕の外に出ていても念話ができるから、こうやって会話できる。

それは、僕を乗せてくれているアルタも同じで、僕がアルタに念話でお願いするだけで、アルタは動いてくれる。

『いや、ベッドの向き次第で、足を向けて寝られるよ？』

『そういうことじゃないんだよ。俺の国では、恩義のあるものに対して、決して粗略に扱うことはできないという気持ちを表す、そういう言葉があるんだ』

『あ、なるほど。スーラの国には、面白い言葉があるんだね』

スーラの国には、変な文化もあるみたいだけど、言葉遊びのような素敵な文化もあるんだ。

……って、スーラってスライムだよね？　そんな文化あるの!?　そもそも足なんかないよね？

僕の肩の上で楽しそうにしているスーラの国って、どんなところなんだろうか？　そう言えば、今まで聞いたことがなかった。

『スーラの国ってどこにあるの？　どんな名前の国なの？』

『俺の国か？　そうだな、とっても遠くて簡単にはいけない場所だな。国名はニホンってんだ』

『ニホン？　聞いたことない国名だね』

『ああ、とにかく遠くて、この俺でも帰ることができないほどなんだ』

『スーラでも帰ることができないくらい遠い国か。どんなところなんだろうな～』

『俺の国は、色々な国のよいところを集めたような国だな。他の国の文化を集めすぎて、昔ながらのニホン固有の文化が、かなり廃れてしまった国でもある』

『そうなんだ。どんなところなのか、一度見てみたいな』

『俺も一度帰りたいが、難しいだろうな』

スーラの国は、とても遠いところにあるんだね。そんなスーラと話していると、先行していたクリットが戻ってきた。

「殿、盗賊のようです。５００メートル先に１００人ほどが待ち構えています」

盗賊か……。そうだ、盗賊は捕まえた貴族が好きにできるから、捕まえて労働力にしよう！

「了解。ここは僕がやるよ」

「殿が強いのは知っていますが、万が一ということもありますので」

「カルモン、大丈夫だよ。縄を用意して後からきて」

「……分かりました。ジャスカ、殿についていけ」

「了解！」

「ジャスカ。盗賊は捕まえて労働力にするから、殺してはダメだよ」

「む!? ……分かりました」

なんだか納得していないようだけど、大丈夫だよね？

『アルタ、軽く速度を上げてくれるかな』

『うん！』

アルタは徐々に速度を上げていく。元々揺れないように歩いてくれていたけど、速度を上げてもほとんど揺れがない。

僕のことを考えてくれているんだね、ありがとう。

アルタのおかげで、あっという間に盗賊が待ち構えている場所に到着した。

ジャスカを置いてきてしまったけど、いいよね。

盗賊たちは道を塞ぐように待ち構えていて、その容姿は薄汚れた雑兵といった感じだ。

道の向かって右側は雑木林で、左側は深い谷で底が見えない。雑木林の中にも10人くらいの気配を感じる。

『スーラ、雑木林のほうは任せていいかな？』

『いや、ジャスカがすでに向かったぞ』

『そうなんだ。遅いなと思ったけど、そういうことなんだね』

僕は、道を塞いでいる盗賊たちに目を向けた。

「僕はザック・ロジスタ男爵だ。大人しく投降すれば、痛い目にあわずに済むぞ！」

すると、盗賊たちが僕をバカにしたように笑い声をあげる。矢が10本くらい飛んできたので、僕はそれを剣で全部切り落とした。

「ロジスタ男爵の名において、お前たちを盗賊と認定する。僕の前にひれ伏せ！」

僕は重力魔法を5倍で発動させた。すると、盗賊たちが地面に張りつけられるように倒れ込んだ。

笑顔も消えて、苦しそうな声をあげている。間抜けな姿だ。

今の僕は、8倍までなら重力魔法を操れるようになっている。ただし、8倍が今の限界で、行使できる範囲も狭い。だけど、5倍くらいなら、そこそこ広い範囲に行使できる。

スーラの訓練は厳しいから、その分上達も早いと感じるよ。

重力魔法は、こうやって敵を無力化するのにとても便利な魔法だ。

地面にうつ伏せになり、苦しそうな声をあげている盗賊たちに近づき、見下ろす。

「頭《かしら》は誰だ？」

「………」

答えは返ってこなかった。

「僕は、誰が頭かと聞いている。答えないのか？」

ちょっと制御が難しいけど重力を6倍にしたら、さらに苦しそうな声が聞こえた。

「もっと苦しみたいのなら、僕は止めないよ。そろそろ骨が折れて内臓が潰れる者もいるんじゃないか？」

「た……」

誰かが何かを言おうとしたが聞こえなかった。

『やりすぎだ。6倍の重力下でまともに喋ることができる奴は、そんなにいないぞ』

『あ、そうなんだ……』

スーラに指摘されて、僕は重力を3倍にした。

「今、喋らなければ、さらに苦しい思いをするぞ」

「しゃ、喋る！　だから助けてくれ」

「最初から大人しく言うことを聞いていれば、苦しい思いをしなくて済んだのに」

「あ、あいつだ。あいつが頭だ」

数人の盗賊から指を差された男が、目を白黒させている。

「て、てめえら裏切りやがったな⁉」

「うるせえ！　お前が怪しい奴の依頼を受けたりするから、こんなことになるんじゃねえか！」

「ふーん、誰かの依頼で僕を襲ったのか……。詳しく聞かせてくれるよね」

頭が顔をそむけた。言いたくないのは、分かるけど……。

「いいよ。僕は貴族だから、捕まえた盗賊は僕の好きにできるんだ。頭には楽しい未来が待っているから、楽しみにしておいてね」

頭の顔が引きつったように見える。

元々、3倍重力で苦しそうな顔だったので、そう見えただけかもしれないけど。

「殿！」

「あ、カルモン。この盗賊たちを縛り上げてくれるかな」

「承知しました」

カルモンたちがやってきたので捕縛を頼むと、そこにジャスカが雑木林から出てきた。

顔をボコボコに腫らした10人の盗賊たちも一緒だ。

『あいつ、いつもカルモンにボコボコにされているから、盗賊を同じ目にあわしてやがるぞ。ははは』

『まあ……殺さなかっただけいいかな』


盗賊の襲撃（笑）があったけど、僕たちは王都から遠く離れたロジスタ領に到着した。

「ここがロジスタか……」

ここが僕の領地なんだ。そう思うと感慨深い。

013—新興貴族、モンスターを狩る

僕の領地であるロジスタは、北にアスタレス公国、西にケントレス侯爵領、南にエスターク伯爵領、同じく南にキャムスカ伯爵領、そして東には魔の大地があって、領地の七割ほどが平地になっている。

大小3本の川が流れていて肥沃な土地だけど、モンスターが多い土地柄なので、獣害が多いそうだ。

それでも、人口2000人の領地で生産される小麦は、年間1000トン。大豆が500トンでトウモロコシも500トンなので、人口に対する作物の生産量はかなり多い。

僕の拠点になるのは、今まで代官所になっていた屋敷だ。

この屋敷も国から譲り受けているもので、建物自体は老朽化が進んでいるけど、暮らすのにはなんの問題もない。

「今は建物の改修よりもモンスター対策を優先するから、僕はクリットとジャスカを連れて駆除に出かけるよ。カルモンとゼルダは兵の掌握をお願い。それと、あの盗賊の頭の尋問も頼んだよ」

「「承知しました」」

カルモンとゼルダが軽く頭を下げる。

「アンジェリーナは人口と商人の把握、ジェーム

ズは農地の把握、セシリーは2人を手伝ってほしい」

「「はい」」

文官の3人も軽く頭を下げた。

「殿、某は殿についていきますぞ」

「オスカー、僕はモンスターの駆除にいくんだよ?」

引きこもり錬金術師だと思っていたけど、アウトドアもできるのかな?

「モンスターを駆除するということは、必然的に魔の大地に近づくということですぞ。彼《か》の地に何があるか、見てみたいのですぞ」

「たしかにそうだけど、魔の大地までいくかは分からないよ」

「それでもいくですぞ」

錬金術師には直接的な戦闘力はないけど、後方支援はできると聞くから、まあいいか。

それに、オスカーがいれば、怪我をしても薬には不便しないと思う。

さっそく、僕はモンスターの討伐隊を率いて屋敷を出た。

討伐隊と言っても、いつもの老兵士たちだけど。

なんだかんだ言って、老兵士たちはとても役に立っている。そこそこ戦闘もできるし、泣き言は言わないし、手際もいい。それに、強いモンスターが出てきたら、僕やジャスカが対応すればいいからね。

そして、僕の身体強化魔法を皆にかけてあげれば、精鋭の兵士になる。

今さらながら、身体強化魔法のすごさを思い知らされる。

「いやー、殿の身体強化魔法をかけてもらってから、腰の痛みがなくなって助かっています」
「そうそう、膝の痛みもなくなったし、殿の身体強化魔法には、治癒の効果もあるんじゃないかな？」

老兵士たちが僕についてきた理由の1つに、身体強化魔法をかけると体の調子がよくなるというのがある。

なぜか分からないけど、そうなるらしい。悪くならないのならいいかと思っている。

「殿、500メートル先に、10頭のマッドディアがいます」

マッドディアは、角の攻撃が危険なシカ型のモンスターで、農作物を食い荒らす害獣だ。でも、肉は売れるから実入りにもなるはず。

「マッドディアの角は、滋養強壮の薬になるですぞ。いい値で売れますぞ」
「へー、そうなんだ。オスカーは錬金術師なだけあって、物知りだね」
「これくらい、初歩の初歩ですぞ」

オスカーが胸を張る。褒められて嬉しいのかな？

「それじゃ、さっそく狩ろう！　クリットは10人を連れて左から、ジャスカは10人を連れて右から回り込んで。僕は残りの兵士たちと共に真っすぐ進むよ」
「「了解」」

2人が老兵士たちを率いていくのを見送ってから、僕たちは適当なタイミングで前進する。

「殿、援護するのですぞ」

「うん、頼むよ」

僕たちは、マッドディアを視界に収めるところまで前進した。

「よし、まだ気づかれていないな。クリットとジャスカたちのほうは……配置についているね。皆、いくよ」

オスカーと老兵士たちが頷いた。

「殿、これをマッドディアに投げつけてやるのですぞ」

オスカーは小さな瓶を僕に渡してきた。ポーションではないよね?

「これは?」

「投げれば分かるのですぞ」

「……分かった、投げればいいんだね」

「はいですぞ」

オスカーの言う通りに、30メートルほど離れたところにいる10頭のマッドディアに、小瓶を投げつけた。

瓶は真っすぐ飛んでいって、マッドディアの1頭に当たると、大きな音と閃光を発した。

僕たちはその音と閃光に驚いて棒立ちになってしまうが、それはマッドディアたちも同じだった。

「殿、ぼーっとしていないで、今がチャンスですぞ」

「あ、うん。皆、いくよ」

どうやら今のは、大きな音と閃光でマッドディアを驚かせて、動けなくさせるアイテムだったようだ。

それならそうと、最初に言ってくれればいいのに。後でオスカーに説教だ。

動きを止めたマッドディアを倒すのは、簡単だった。離れていた僕たちでさえ固まってしまったのだから、直接閃光を浴びたマッドディアたちは、もっと固まっていた。

「よし、解体するぞー」

ジャスカが解体の指揮を執り、クリットは次のモンスターを探しにいき、僕はオスカーに説教をする。

「今後は効果を先に教えること。いいね」

「分かったのですぞ」

オスカーがしゅんとする。

見た目で判断する限り、僕の倍くらいの年齢のオジサンなんだけど、しゅんとする仕草が妙に愛らしい。まったく困った人だ。

解体が終わる頃に、クリットが戻ってきた。

「東に900メートルほどいったところに、レッドボアが1頭です」

「レッドボアには、魔石以外に錬金素材がないですぞ。つまらないですぞ」

「魔石以外の素材のあるなしじゃなくて、モンスターを駆除しにきたの！」

まったく、オスカーには困ったものだ。

「レッドボアは、落とし穴に落とせば簡単なのですぞ」

「オスカーは、つまらないんじゃないの？」

「ジャスカ殿、レッドボアには魔石があるのですぞ」

「モンスターなら、魔石があるのは当然だわ」

「魔石なら、どれだけあってもいいですぞ」

オスカーは、とにかく錬金術優先の考え方だね。

ジャスカも呆《あき》れた顔をしているよ。


レッドボアは、オスカーが地面を錬成して落とし穴を造って、そこに落としてやったら、本当に何もできずに僕たちの攻撃を受けるだけになって死んだ。

他にもオスカーは、ミノタウロスを爆弾という破壊力のある薬で吹き飛ばしたり、オーガを痺《しび》れ薬で麻痺《まひ》させたり、ワイバーンに溶解液の雨を降らせたりと、好き勝手にやった。


「もう、オスカーと一緒に狩りにはいかないわ。こんな危ない奴といたら、こっちまで毒に侵されそうよ」

「何を言われるか。某は誰も巻き込んでいないですぞ」

「巻き込んでなくても、何をするか分からないから、対応が遅れるのよ！」

2人が睨み合う。これは僕が仲裁しないといけないな。


「ふた……」

「気が合わないのは仕方ないな。殿、今後はこの2人は別の部隊にするということでどうですか」

「うん、そうだね」

クリットが解決案を出してきた。……ま、いいか。


拠点になっている屋敷に帰ると、カルモンとゼルダが待ち構えていた。

ところどころ雨漏りがするボロ屋敷だけど、今は簡単な修理だけして凌《しの》いでいる。

「あの盗賊たちは、ケンドレー男爵の依頼で殿を狙ったということが分かりました」

「誰かの依頼ということで、予想はしていたから驚かないけど、あの人はそんなに僕が憎いのかな？」

「自分にはない力を持っている殿が妬《ねた》ましいのでしょう。ただ、証拠がありません」

カルモンが難しい顔をする。

「証人と言っても、盗賊では信用度が足りませんし、国に訴えてもケンドレー家を罪には問えないでしょう」

ゼルダも同じように苦虫を噛み潰したような顔をする。

「とりあえず国へ訴えて、あとは国の対応を見守ればいいと思いますよ」

アンジェリーナは国に訴える案か。

「そうですね、こちらで対応するにしても、同じ男爵家ですから無駄な言い合いになってしまいますし、国に任せるのがいいでしょう」

ジェームズも国に訴える派ね。

「国へ訴えるのと並行して、ボッス伯爵にも口添えをお願いしたらいかがですか？」

セシリーは、ボッス伯爵を巻き込んでケンドレー家を追い込もうという案なんだね。

ボッス伯爵はケンドレー家の寄親だから、寄親に見放された男爵家ってことになれば、ケンドレー家の名は大きく傷つくだろう。

まあ、僕が縁を切った時にボッス伯爵が口添えをしてくれたので、とうに顔は潰れているだろう。

クソオヤジの悔しがる顔を見られなかったのは、残念だと思うけどね。

皆の視線が僕に集まる。

やっぱり、僕が最終的に判断しなければいけないんだね。領主だもんね。

はっきり言って、国が動くことはないと思うけど、このまま放置していたら、クソオヤジを調子づかせる気がしてムカつく。

それに、今後僕に手を出せば、自分が疑われるのだと念を押す意味でも、国には訴えておいたほうがいいと思う。

『おい、忘れていないか』

『何を？』

『ケンドレーはキャムスカと繋がっていて、キャムスカはアスタレス公国と繋がっているんだぜ』

『アスタレス公国が、ロジスタにちょっかいをかけてくるってこと？』

『可能性はあるぞ。だから防衛も考えろよ』

『うわー、面倒くさいな』

『面倒くさい領地だが、肥沃な土地だし、モンスターもいるし、アスタレス公国の相手も上手くやれば、実入りはいいはずだ』

『実入りって、モンスターはともかく、アスタレス公国はいつも大金を持ってきて、落としてくれるとは限らないよ。それに、兵士を雇うお金だって要るんだから』

『何言っているんだ。俺たちには創造魔法があるのを忘れたのか？　創造魔法があれば、金なんていくらでも手に入る。だから、これからは創造魔法も訓練するからな』

『創造魔法……。とうとう訓練するんだね』

『血反吐《ちへど》を吐いても、心を折るんじゃないぞ』

『スーラ、なんか怖い……』

『まあ、俺がいるんだ。ザックをこんな小領の領主で終わらせるつもりはないからな』

『うん。僕、がんばるよ』

『よし、ケンドレーのことは国に丸投げでいいから、今後のことを考えて稼ぐぞ』

『うん』

「アンジェリーナは、国へ訴える書類を用意して」

「分かりました」

「ボッス伯爵へ支援を頼むのは保留にする。なんでも頼っていては、いけないと思うんだ」

皆が僕の言葉に頷いた。

僕は、ボッス伯爵へ支援を頼むのは保留にして、国に訴えるだけにした。

014―新興貴族、スーラが補佐官!?

「よし、決めた!」

自室で創造魔法の訓練をしていると、僕の肩に乗っていたスーラが飛び降りて、プルルンと体を揺らした。

創造魔法は、まだ一度も成功していない。

「何を決めたの?」

スーラのことは黒いスライムだとしか紹介していないので、皆がいるところでは念話で喋っているけど、2人の時は普通に喋っている。

「俺も人族の姿になって、ザックを支援してやる」

「はい?」

スーラは、何を言っているのかな?

「分かってるのかな? スーラはスライムだよ」

「ふふふ、このスーラ様の辞書に不可能の文字はないのだよ、ナポレオン君」

「ナポレオンって誰!?」

僕には、スーラが言っていることがさっぱり分からなかった。

「まあ、見ていろよ。……変身! 超美形AC-02A!」

プルルンと揺れたスーラから、眩《まぶ》しい光が放たれた。僕は思わず目を覆う。

「ほい、完了だ」

僕はスーラのその声で目を開けた。

「え!?」

驚いたどころの話ではない。スーラは……。

「に……んげん？」

「ふふふ、正確には人工生命体ＡＣ－０２Ａというのだ」

「人工……何？」

「人工生命体。つまり、人の手によって造られた人型の生き物ってことだ」

「……………」

僕は目を白黒させる。スーラの言葉についていけない。

「まあ、人族だと思えばいい」

「……姿はたしかに人のそれだけど……。スーラだよね？」

「今さらだな、俺はスーラ様だぜ！」

本当にスーラだった。しかし、人の姿にもなれるのか……どんだけ万能なの？

今のスーラは、僕と同じ薄い紫の髪の毛を肩の辺りまで伸ばした美少女で、目の色はまるで宝石のように透き通った青色をしている。

「スーラは女の子だったんだね」

「バカ者！　俺は男だ」

「でも、その姿を見ると、女の子にしか見えないよ」

「この容姿は人工生命体のものなんだよ。人工生命体には男も女もないんだよ。生殖器がないんだからな。だけど、俺は男だ」

「そ、そうなんだ……」

「しかし、この姿になるのは久しぶりだぜ」

「スライムの姿よりも、そっちでいたほうが旅とかしやすくない？」

「別にスライムの姿だろうが、この姿だろうが関係ないぞ。この世界に俺より強い奴はいないからな」

「すごい自信だね」

「俺のは自信ではなく、事実なんだよ」


スーラらしいな。


「これからは俺がザックの補佐官だ。そのように皆に紹介しろ」

「わ、分かったよ」

「ちなみに、真面目《まじめ》秘書官の設定でいくからな」

「真面目秘書官って……。まあいいけどさ……」

場所を移して僕の執務室。そこで皆にスーラを紹介した。

「彼はスーラ。僕の補佐官をしてもらうことになった」

スーラを補佐官にしたというと、皆は驚いた。主に「彼」と紹介したところで。

「スーラです。ザック様の補佐官の任をまっとうできるよう、誠心誠意努力いたします」

喋り方がスーラじゃない！

真面目秘書官という設定だからだろうか。

カルモン、クリット、ジャスカ、ゼルダは、スーラが醸し出す強者《つわもの》の雰囲気を感じたのか、反対しなかったし、アンジェリーナ、ジェームズ、セシリーも、能力があるのならいいと受け入れた。

「アンジェリーナ殿、この書類は計算が間違っていますので、再提出してください」

「え!? 私が計算間違いなんてするわけ……あった……」

スーラはすごかった。

書類を受け取るとペラペラめくって、誤字や計算間違いを次々と指摘したのだ。

それを見たアンジェリーナは、目を白黒させていた。

「よし、書類の処理も終わったし、モンスターを狩りにいくぞ」

僕とスーラの2人しかいないと、普通の喋り方に戻る。

「やる気満々だね」

「俺のすごさを、皆に見せつけないとな」

今回はカルモンとゼルダ、ジャスカを連れていくことにした。

ロジスタで採用した50人の兵士たちを連れて、僕たちは魔の大地方面に向かった。

魔の大地に近づくと、すぐにモンスターが現れた。

「アイアングレートバッファローですか。肩慣らしにもなりませんが、いいでしょう」

また、真面目秘書官モード。

スーラは1人で前に進み出て立ち止まる。ゆっくりと左腕を前に出すと、猛スピードで突進してきたアイアングレートバッファローを受け止めた。

アイアングレートバッファローは前進しようと

地面をかくが、まったく動けない。

スーラは涼しい顔をして、右腕でアイアングレートバッファローの首を切り落とした。50人の兵士たちは、スーラのすごさに息を呑む。

「剣もなしにあの切れ味か……。化け物ですな……」

カルモンが呟いた。

「カルモン殿でもそう思いますか……？　私が対《たい》峙《じ》したら、おそらく1秒であの世逝きですな」

ゼルダはそう言って、苦笑いした。

「悔しいけど、スーラに私の攻撃が効く気がまったくしない……」

気の強いジャスカまで、お手上げ状態だった。


「皆さん、血抜きはしましたから、解体は任せますね」

スーラが歩いてきて兵士たちに声をかけると、兵士たちは緊張した顔で、背筋を伸ばして敬礼した。今の光景がよほどショッキングだったようだ。

その後、僕たちはどんどん魔の大地方面へ進んだ。

兵士たちに身体強化魔法をかけてあげると、僕、スーラ、カルモン、ジャスカが手を出さなくても、ゼルダの指揮で50人の兵がワイバーンを倒してしまった。

「50人の部隊で、1人の犠牲者もなくワイバーンを倒せるなんて、思ってもいませんでした！」

ワイバーンを倒すには、普通なら一個中隊

（200人ほど）の戦力がいるのだと、ゼルダが驚いている。

そう考えると、身体強化魔法で普通の兵士を4人分以上にできるというわけだよね。

「ザック様。身体強化魔法を極めれば、ただの老兵士でも百人力の精鋭兵士になりますので、魔法の訓練をもっとしましょう」

スーラの言葉に僕だけでなく、カルモンたちも驚いている。

「ははは……。がんばるよ」

さらに進むと、アースドラゴンが現れた。

アースドラゴンは、地響きを立てて僕たちへと向かってくる。

「あれくらいなら、ザック様だけで十分でしょう。ザック様のお力を皆に示してやってください」

「え、僕1人⁉」

「スーラ殿、それはさすがに無理ではないか？　あれは下位とは言え、最強種のドラゴンだぞ」

「ゼルダ様は、ザック様の力を侮っていますね」

「いや、そんなことはないが、ドラゴンだし……」

「ザック様が危険になることはありませんが、もしそうなった時は私が加勢します」

僕はスーラに背中を押されて前に出た。

「デカい……」

アースドラゴンは体長20メートルくらいあって、体高も8メートルくらいある。

「やるしかないか……。地にひれ伏せ！」

僕は重力魔法を発動させて、アースドラゴンに

8倍重力をかけた。

「グラァァァァァァッ！」

動きを止めたアースドラゴンが咆哮《ほうこう》をあげた。

鼓膜が破れそうだ。

「強化！」

僕は自分自身と剣を強化して、地面を蹴った。

すると、アースドラゴンは8倍重力を受けているのに、体を動かして僕を迎え撃とうとする。

「くっ!?」

危うく巨大な口の中に飛び込むところだったけれど、それをなんとか回避してアースドラゴンの横に回ると、腹部に切りつけた。

硬い！　手が痺れるほどの硬さだ。

僕の剣はアースドラゴンの鱗《うろこ》と皮を裂いて肉まで到達していたけど、どう考えても浅い。

「グラァァァァァァッ！」

アースドラゴンが尻尾《しっぽ》を振り回して攻撃してきたので、僕は大きくジャンプした。

しかし、8倍重力を受けてもあれだけ動けるなんて、さすがは最強種のドラゴンだ。

「重力12倍！」

「グラァァァァァァッ！」

今の僕は重力12倍まで行使できる。

その12倍重力でアースドラゴンの動きを止めにかかる。これで止まらなかったら、泣くよ！

僕はアースドラゴンの背中に着地して、アースドラゴンの頭部に向かって走る。

さすがのアースドラゴンも、12倍もの重力を受けたことで体が思うように動かないようだ。よかった。

「はぁぁぁっ！」

僕はアースドラゴンの脳を狙って、剣を頭部に突き刺した。

脳に剣を刺されたアースドラゴンは、痙攣《けいれん》しているように見える。

「気を抜かないでください」

スーラがそう叫んだ瞬間、アースドラゴンが首を振ったため、僕は振り飛ばされた。

「うわっ!?」

なんとか空中で体勢を整えたので、地面に叩きつけられることなく着地できたけど、さすがはアースドラゴン、12倍重力を受けて、さらに脳を刺されても動けるのか。

「……剣を奪われてしまったか」

僕の剣はアースドラゴンの頭に刺さったままで、今の僕は無手になってしまった。

「剣を創造してください」

いつの間にか、スーラが僕の横にいた。

創造……魔法。まだ一度も成功していない魔法。それで剣を創造しろと言うのか……。

「さあ、剣を創造するのです」

「……分かったよ。やってみる」

「早くしないと、アースドラゴンが12倍の重力に慣れてしまって、動きがよくなりますからね」

そんなに早く12倍の重力に順応してしまうのか。

下位でもドラゴンなんだなと思い知らされる。

「魔力を練り、剣をイメージ……」

僕の目の前に光が集まってくる。

まだ、一度も成功していない創造魔法。だけど、今やらなければ、いつやるのさ。

「こい！　僕の剣！」

デカいアースドラゴンを切り裂くには、いつも使っている剣では威力が足りない。

だけど、重い剣だと僕の戦い方には合わない。

切れ味がよく、振った時に威力が最大になり、岩のように硬いアースドラゴンの体を紙のように切り裂くことができる剣がいる。


「くっ」

「気を緩めてはダメですよ」

スーラの声を聞き、意識を集中する。

不定形の光が細長くなっていく。

暴れ狂う魔力を制御するので精一杯だ。しかも、魔力の消費量が半端ない。重力魔法の比じゃないほど苦しい。

「うおぉぉぉぉっ！」

光がひと際眩しくなる。

「はぁぁぁぁっ！　こぉぉぉぉぉぉっぃぃぃぃぃぃぃぃっ！」

光が爆発したように飛び散った。

「………」

「おめでとうございます。創造魔法をとうとう発動させましたね。ザック様」

青く輝く美しい剣が、僕の前に現れた。

「なんて美しい……剣なんだ」

「さあ、その剣であのデカぶつを切り裂いてやってください」

真面目秘書官の口調には、どうにも慣れることができない……。

「うん、ありがとう。スーラ」

「ザック様ががんばった結果です」

僕はスーラに笑いかけ、空中に浮いている剣を手に取った。

「軽い。しかも、とても手に馴染む……」


アースドラゴンを見ると、まだ機敏には動けていないけれど、12倍の重力下でゆっくりながらも歩いてくる。化け物だ。

「身体強化魔法、僕を最大まで強化してくれ！」

最大の強化を自分に施し、僕は地面を蹴る。

「はぁぁぁぁっ！　切り裂けぇぇぇぇっ！」

僕は全身全霊の一撃を、アースドラゴンに放った。

剣はなんの手ごたえもなく、すっと振り切れた……。

「………」

アースドラゴンと目が合った。

だけど、アースドラゴンは動かない。

すーっとアースドラゴンの首にスジが入ると、そのスジに沿って頭部がずるずると動いて地面に落ちた。

「………」

「うおぉぉぉぉっ！」

後方から歓声があがる。それで僕は、アースドラゴンを倒したのだと実感した。

015—新興貴族、アースドラゴンを売る

アースドラゴンを切った剣を見つめる。

「なんて切れ味だ……」

カルモンが飛んできた。

「殿、やりましたな！　これで殿も、ドラゴンスレイヤーの仲間入りですぞ！」

ドラゴンスレイヤー。それは、ドラゴンを単独で討伐した人物に与えられる、名誉ある称号。

僕がドラゴンスレイヤー……になるなんて、思ったこともなかった。

「しかし、その剣はなんですか？　そんな真《ま》っ青《さお》な剣は見たことがありませんよ！」

ゼルダも、カルモン同様に興奮している。

「その剣は、ザック様が自らの魔力で創り上げた魔剣です。ザック様、魔剣に名づけを」

「名づけ……」

こんなに青く美しい剣が魔剣。

魔剣と言うと、もっと禍々《まがまが》しいものだと思っていたけど……。

「ザック様の心の美しさが、剣にも表れているの

でしょう」

スーラが僕をおだてる。

やればできるじゃないかと、褒めてくれているんだと思う。

「よし、決めた。この魔剣は『グラム』だ」

「グラムですか、いい名ですね」

僕は魔剣グラムを眺めた。

柄《つか》を含めた長さは140センチくらい、刃の部分は100センチくらいの長剣で、凄《すさ》まじい切れ味の魔剣。

頬が緩んでしまう。

『我は魔剣グラム。主殿よ、これからよろしく頼むぞ』

「え!?」

『我を創り出しておいて、何を驚いているのだ』

『グラムなの?』

『だからそう言っておるではないか』

「殿、どうされたのですか?」

「あ、いや……なんでもないよ」

カルモンが不思議そうな顔をしていた。

「しかし、こんなデカいアースドラゴンだと、運搬も大変ですぞ、殿」

たしかに、ゼルダの言う通りだ。

「ゼルダ、近くの集落から荷車を集めてくるのだ。それまでに、このアースドラゴンを解体しておく」

「了解しました」

今でも3台の荷車があるけど、とても足りそうにないので、カルモンの指示でゼルダが10人の兵士を引き連れて、近くの集落に向かった。

「解体は某が指揮します。殿はお疲れでしょうから、休んでいてください」

「そうするよ。よろしくね」

屋敷に戻る時に町中を通ったら、大騒ぎになった。

アースドラゴンの頭部は、そのまま荷車に載せて運んできたので、目立って仕方がない。

「まさか、あの戦力でアースドラゴンを狩ってくるとは思ってもいませんでしたよ、カルモン様」

「アンジェリーナ、あれは殿が1人で倒したものだ。某たちは手出ししていない」

「まぁ……。そうすると、殿はドラゴンスレイヤーになられたのですね」

「そうだ。我らの殿がドラゴンスレイヤーだ」

「うふふ、あのアースドラゴンの素材を売れば大金になりますし、殿はドラゴンスレイヤーだし、ロジスタ家は安泰ですね」

財務官僚らしい考えだ。

しかし、アースドラゴンの素材を売ったら、いくらになるんだろうか？

「ああああああ！　アースドラゴン！」

オスカーが走り寄ってきた。

「殿、殿、殿、殿、殿、殿、殿、殿、殿、殿、殿、殿、殿、これ、くださいですぞ！」

オスカーはアースドラゴンの頭部に抱きついて、頬ずりしている……。

「オスカー、ダメに決まってるじゃない！　これは売ってお金に替えるのよ！」

「だったら、某が買うですぞ！　いくらですぞ？　大金貨10枚？　それとも20枚ですぞ？」

アンジェリーナの目が、猛禽類《もうきんるい》が獲物を見つけた時のようになった。

「そうね、大金貨30枚ね」

「むむむ、仕方がない30枚で買うですぞ」

「よっし！」

アンジェリーナがガッツポーズした。

「ちょっと待った！」

さすがに僕は、待ったをかけた。

「オスカー、そのアースドラゴンの頭部は何に使うの？」

「研究に使うのですぞ。ドラゴンの頭部なら、いい薬ができそうな予感がするのですぞ！」

「分かった。その頭部はただでオスカーにあげる」

「え⁉　殿⁉」

「アンジェリーナ、これは決定事項だから」

「う、殿がそう仰《おっしゃ》るのであれば……」

アンジェリーナは渋々引き下がった。

「オスカー。その頭部はあげるけど、できた薬は僕がもらうからね」

「それでいいのですぞ。殿、ありがとうですぞ」

オスカーは研究バカだから、何かを作ることに情熱を燃やす。だから、でき上がったものを僕がもらえばいい。

どんな薬ができるのか分からないけど、家臣から金を巻き上げるのは気が引ける。とは言っても、でき上がった薬はもらうんだけど。

「アンジェリーナ、頭部以外を売る手配をしてくれるかな」

「承知しました」

あとはアンジェリーナがやってくれるから、僕は鎧を脱いで自室で寛《くつろ》ぐことにした。

「ふー、今日は疲れたな……」

「何を言っているんだ、あんな無様な戦い方しやがって！」

「え!?」

スーラが腰に手を当てて怒っている。

「な、何を怒っているのさ。現地では褒めてくれたじゃないか」

「あれは真面目秘書官の俺だ。本当の俺ではない！　あのていどのアースドラゴン《雑魚》に、あんなに手古摺《てこず》りやがって、一瞬で勝負をつけろよ！」

「いや、相手は下位とは言え、最強種のドラゴンだよ!?」

「ふんっ。アースドラゴンなんて雑魚《ざこ》の雑魚、ちょー雑魚だぞ。もっと戦い方を学べ！　そうだ、明日からジャスカやカルモンに剣術を習え！　魔法は使ったらダメだからな！」

「明日は創造魔法の訓練じゃないの!?」

「バカ言え！　創造魔法は夜やるんだよ！　寝られると思うなよ！」

うわー、地獄だ。

でも、明日からと言うところが、スーラの優しさだよね。

「む？　なんだこの不快感は？　ザック、変なこと考えただろ？」

「そ、そんなことないよ！」

翌日から僕の地獄は始まった。本当に地獄だった……。

▽▽▽

「殿、アムリッツァ子爵を応接間にお通ししました」

アムリッツァ子爵というのは、国王の使者だ。なぜ国王からの使者がやってきたかというと、アースドラゴンの魔石を献上したからだ。国王ももらうだけではなく、お返しをするために使者をよこしたわけだね。

僕はスーラとアンジェリーナを連れて、アムリッツァ子爵が待つ応接室に入った。

「お待たせしました、ザック・ロジスタ男爵です。以後、お見知りおきください」

「ハイマン・アムリッツァ子爵と申します。この度は陛下より使者の役目を仰せつかり、まかり越しました」

「遠路はるばるご苦労様でございます」

僕とアムリッツァ子爵は近況を語りあってから、本題に入った。

「この度は、ロジスタ男爵がアースドラゴンを単独討伐したよし、陛下は大変お喜びになっておられます。よって、ロジスタ男爵にドラゴンスレイヤーの称号を贈り、大金貨100枚を下賜《かし》するものでございます」

僕に書面を渡してきたので内容を確認すると、アムリッツァ子爵が述べた通りの内容が書かれていた。

「格別のご高配を賜り、感謝の言葉もございません」

ドラゴンスレイヤーの称号は簡単には得られないので、国が僕を正式にドラゴンスレイヤーと認めてくれたのは大きいし、嬉しいことだ。

「ロジスタ男爵、これはオフレコでお願いしたいのだが……」

「はい、なんでしょうか？」

アムリッツァ子爵が言いにくそうにする。

「盗賊とケンドレー男爵の件です」

そう言えば、あの件は国に任せたんだった。

アムリッツァ子爵の顔を見れば、あの件の処理が上手くいっていないことが分かる。

「国としては、盗賊の証言だけでケンドレー男爵を罰することはできないのが実情。それを承知しておいてほしいのです」

これは、無理だから期待するなって言っているんだろうな……。まあ、最初から期待していなかったけどさ。

『おい、ここは分かったと言っておけ。だが、やられっぱなしじゃ終わらないと、念を押しておけよ』

『そうだね、それが最善の回答かな』

「アムリッツァ子爵、その件は理解しました。しかし、僕もやられっぱなしになるつもりはありませんので、ご承知ください」

「む、それは……。いや、そうだな……」

アムリッツァ子爵は3日間逗留して、帰っていった。

国王の使者としてきた人を歓待して、お土産《みやげ》を持たすことは慣例になっているので、大金貨100枚をもらっても、出ていくお金もそれなりに大きい。

「殿、アースドラゴンの販売益が出ました。ご確認ください」

アンジェリーナが持ってきた書類を見ると、つらつらと書き連ねられている金額の合計は、大金貨350枚を超えていた。

「アースドラゴンの頭部があったら、大金貨400枚を超えたはずですから、オスカーの研究に期待します」

アンジェリーナは、オスカーに与えた頭部のことが、まだ諦められないようだ。

しかし、大金だ。このロジスタ領の税収はたかが知れているから、アースドラゴンのようなモンスターを狩ると、税収よりも多い金が懐に入ってくる。財政を預かるアンジェリーナとしては、ありがたいんだろうね。

「それでも、大金貨350枚なんてすごいじゃないか」

「はい。できれば、定期的にアースドラゴンを狩ってきていただけますと、財政を預かるものとしては助かります」

「ははは、あんなのがたくさんいたら困るよ」

笑ってごまかしたけど、アンジェリーナの目が、もっと狩ってこいと言っている気がした。

「ザック様。魔の大地には、アースドラゴンよりも高値で売れるモンスターがたくさんいますよ」

「スーラまで……」

０１６—新興貴族、財政難です

僕の執務室にカルモンが駆け込んできた。何事だろうか？

「仕官希望者が列をなしています」

「仕官希望者が列を？　なぜ？」

「アースドラゴン効果です」

ああ、なるほど。アースドラゴンを討伐したことで、ロジスタの名が高まったからか……。

正直言って、今のロジスタは人口に対して兵士の数が多いので、兵士への手当が財政上、大きなウェイトを占めている。

今年はまだ収穫を終えていないから分からないけど、昨年の税収は金額にして大金貨３００枚ちょっと。

それに対して、兵士と使用人、そしてカルモンたち重臣への手当が、合計で大金貨２３０枚くらい必要なんだよ。

つまり、人件費がこれ以上膨れ上がると、赤字になってしまいかねないんだよ。

アスタレス公国との戦いで回収した物資や金、そしてアースドラゴン討伐で得た金があるから、何もなければ7年くらいはなんとかなるとアンジェリーナは言っていたけど……。

この人口の少ないロジスタ領に、なんでそんなに兵士が多くいるかというと、アスタレス公国と魔の大地に隣接しているからだ。魔の大地からは多くのモンスターが領内へ流入してくるので、どうしても兵士の数を多くせざるを得ない。

今までは、国の直轄地だったからモンスター対策の軍事費は全て国が負担していた。でも、今は僕の領地になったから、軍事費は僕が負担することになる。

領地を拝領した時に、兵士を半数にすればよかったんだけど、全員受け入れてしまったばかりに、人件費の問題が起きてしまった。

そんなわけで、簡単には人を増やせない経済状況なのだ。

僕の領地では、兵士の基本給が他の領地よりも安い。だけど、モンスターを狩ると、その売却益から一定額が兵士に均等に分配される。

カルモンたちは、毎日交代で兵士たちを連れてモンスター狩りにいく。それがまた、そこそこの収入になっているので、僕も助かっている。

がんばってモンスターを狩れば、それだけ収入が上がるので、ロジスタの兵士たちは他の領地の兵士よりも高給取りになっている。

「とりあえず、使えそうな人がいるか見てみようか。今日はゼルダはいるかな？」

いくら金がなくても、人材はお金以上に貴重だ。一般兵士ていどの人材はごめんなさいだけど、兵士たちを指揮できる人材ならほしい。

「ゼルダなら、訓練所で部下たちの訓練をしているはずです。呼びにいかせます」

「お願い」

僕の重臣の中で、カルモンは総大将、ジャスカは切り込み隊長、クリットは偵察隊長、そしてゼルダが参謀長という役割になっていると思う。

だから、カルモンとゼルダがいれば、将に相応《ふさわ》しい人材を見つけることができるはずだ。


カルモンとゼルダを引き連れて、仕官希望者の面接をした。

３００人くらい集まっていたけど、ほとんどはごめんなさいする。ほんと、ごめん。


「あの５人の中で、カルモンとゼルダは誰を推す？」

「そうですな、某はケリー・フーリガンがいいと思います。剣の腕はA級ソルジャー並みですぞ」


カルモンが推すケリーは大柄な女性で、濃い緑色の髪の毛を背中の真ん中まで伸ばしている、グラマラスビューティーだ。

ただ、A級ソルジャー並みの剣の使い手なら戦闘力は申し分ないだろうけど、僕は将がほしいんだよな。


「カルモンは、ケリーなら兵士を指揮することができると？」

「ジャスカより、よほど指揮官としての能力は上でしょう。中隊ていどまでなら、問題なく指揮できると思います。ただ、大隊となると、まだ力不足だとは思いますが」


中隊は２００から３５０人くらいの部隊なので、今の僕が抱えている兵士の数なら、全員指揮できるので問題ない。よし、財政は厳しいけど採用しよう。


「ゼルダが推す人物はいる？」

僕はゼルダに向きなおって聞いてみた。

「私はリサ・ライヤーがいいと思いました。彼女は魔法使いですので、今のロジスタ家にはいない貴重な人材になります」

リサは、とても小柄な青い髪の毛の女性だ。

僕より5歳年上の19歳なんだけど、見た目は7歳くらいで、スーラが『合法ロリ！』と騒いでいた。合法ロリってなんだよ？

「ザック様、ごう……リサ・ライヤーは絶対に採用すべきです！」

『今、合法ロリって言おうとしたよね？　スーラの意見は聞いてないから』

『なんでだよー!?　イエスロリ！　ノータッチだからいいだろ！』

『意味分からないし』

念話で騒ぐスーラを無視して、ゼルダに聞いてみる。

「リサは、四属性全てが使えるんだよね？」

リサは見た目は7歳だけど、「わーーっはは は！」と大声で笑ったりして、容姿には似つかわしくない豪快な性格と言えばいいのかな、かなりハイテンションな人だった。そのことも、スーラは喜んでいたっけ……。

「ウィザードギルドで魔導士になっているほどの才女です。性格はちょっとあれですが……」

「ザック様、リサは絶対に必要な人材です！」

スーラがぐいぐいくる。まあ魔法使いは貴重だし、魔導士なんて二度と採用できる機会はないんじゃないかと思うから、採用するけどさ。

ウィザードギルドには、見習い魔法使い、魔法使い、魔術士、上級魔術士、魔導士、賢者、魔王の階級がある。

リサは13人しかいない魔導士の1人なんだ。あの年で魔導士になれるとは才能に溢れていると、ゼルダは推してきた。

「じゃあ、ケリーとリサを採用で。それでいいかな？」

「「はい」」

「イエスロリ！」

スーラが敬礼している。真面目秘書官の設定はどうした？

その数日後、僕は久しぶりに部隊を率いて、モンスターを狩りにいこうとしていた。

「殿、ロジスタ領に店を出したいという商人たちが、許可を求めてきました」

「商人？　アンジェリーナに任せるよ。上手いこと調整してやって」

そこにゼルダが、ケリーを連れてやってきた。

「殿、魔の大地方面に砦《とりで》を築きたいと思いますが、いかがでしょうか？」

「砦か……」

砦を築くのは賛成かな。でも、今は先立つものに余裕がないんだよな。

「砦に関しては、どれくらいの予算が必要か分かっているの？」

「はい、おおよそですが、大金貨700枚ほど必要です」

「アンジェリーナ、大金貨700枚を捻出できる？」

「もう一度アースドラゴンを狩ってきてくださったら、問題ないです」

「あ……。うん、そうだね……。がんばって狩ってくるよ」

商人のことを丸投げしたら、予算を丸投げされてしまった。

20人の兵士を引き連れて、魔の大地方面へと向かう。

……なぜか、いつもより多い15台の荷車が用意されているんだけど。

『ザック、今日は面白い獲物を見つけておいたぞ』

『え、いつそんなことしてたの？』

『俺はスライムだから、分裂できるんだ。だから、分体を魔の大地に偵察に送っておいた』

『色々隠し玉があるね！』

『こんなの、俺の能力のほんの一部だぜ、はーっはははは！』

スーラがとても楽しんでいる気がする。

『それで、その面白い獲物って何？』

『ふふふ、聞いて驚け。なんと……』

『なんと……？』

『ミスリルゴーレムだ』

『ミスリルゴーレム……。えーっと、伝説のモンスターだよね？』

『あんなのが伝説なわけないだろ？　瞬殺だよ、瞬殺』

『………』

『何、ビビってんだよ!?　アースドラゴンと大して強さは変わらないから、安心しろよ』

本当かな？

「……でっか!?」

ミスリルゴーレムは身長15メートルくらいで、胸板がとても分厚く、太い手足をしている。

アースドラゴンのほうが大きいと思うけど、高さがあるから威圧感が半端ない。

兵士たちも怖気《おじけ》づいているのが分かる。

「ザック様、ちょちょいのちょいとやっちゃってください」

スーラが気楽に言ってくれる。

「これを倒せば、アンジェリーナさんが言っていた資金問題も解決ですよ」

「分かったよ、やればいいんだろ！」

僕は身体強化魔法を自分にかけて、ミスリルゴーレムに向かって駆け出した。

「重力10倍！」

ミスリルゴーレムを10倍の重力で拘束する。

普通の二足歩行のモンスターなら、膝を地面につけて苦しがるところだが、ミスリルゴーレムの様子に変化はなかった。

僕は鞘から魔剣グラムを抜いて、ミスリルゴーレムの足を切った。

『主殿、ミスリルゴーレムの傷は浅いですぞ』

『分かった！』

僕は地面を蹴って飛び上がり、ミスリルゴーレムの胸に切りかかる。

すると、そのタイミングを見計らっていたかのように、太い腕が僕を殴ろうとしてきた。

グラムをかざしてなんとかガードしたけど、僕は十数メートル弾き飛ばされて、地面に激突してしまった。

「く、10倍重力なのに、なんであんなに動けるんだよ!?」

「ザック様、ゴーレム系は10倍ていどの重力なら、簡単に動きますよ」

いつの間にか、僕の横にスーラが立っていた。

「もっと早く言ってよ」

「なんでも人に聞いていてはいけませんよ、ザック様」

なんかムカつくー。だけど言っていることは正論なだけに、何も返せない！

「頭を使うのです。そうすれば、ミスリルゴーレムなど苦労せずに倒せるのです」

「頭を使う……」

「さあ、いくのです！　ザック様がさらなる高みに登るための試練だと思ってください！」

丁寧な言葉使いだけど、どうせ帰ったら暴言を吐かれるんだろうな……。

そんなことより、今はミスリルゴーレムだ。

見ると、ミスリルゴーレムは緩慢な動きでこっちへと歩いてくる。

10倍重力は効いていないわけではなく、効きが悪いという感じだ。

「そうか!?」

僕はあることを思いつき、創造魔法を発動させた。

「落ちろっ！」

僕は落とし穴を造って、ミスリルゴーレムをそこに落とす。

「埋まれ！　とにかく埋まれ！　地面よ硬くなれ！」

ミスリルゴーレムの動きを封じるため、落とし穴を土で埋めていった。

胸から上だけを出したミスリルゴーレムが、土の中から抜け出そうとあがいている。

「グラムを強化だ！」

『ぐおぉぉぉぉっ！　力が湧いてくるぞぉぉぉぉぉ！』

僕は一瞬でミスリルゴーレムに接近し、全身全霊の力を込めて魔剣グラムを斜めに振り切った。

「………」

静寂の中、ミスリルゴーレムの分厚い胸に一本のスジが現れ、体の上部がずり落ちた。

「やった……」

「ザック様、それはフラグですよ」

「フラグ？」

「まあ、核を破壊したので、フラグは折れてますけどね」


なんのことやら。

017―新興貴族、砦を築く

ミスリルゴーレムを倒したはいいけど、持って帰るのが大変だ。

まず、ミスリルゴーレムの解体は僕しかできないので、僕がやることになった。

いや、本当はスーラもできるけど、やらない……。

20キロから30キロくらいの大きさに切り分けて、15台の荷車に載せたんだけど、荷車が壊れそうなくらいに載せても、全部載りきらなかった。

「荷車が、あと10台くらい必要ですね」

急遽《きゅうきょ》、近くの集落から荷車10台をかき集めて、やっと全部載せることができた。

屋敷に帰ると、切り刻まれたミスリルゴーレムを見て、アンジェリーナが卒倒した。

「と――――っの――――っ!?」

卒倒から復活したアンジェリーナが、抱きついてくる。

「あ、アンジェリーナ。落ちついて」

「あ、これは失礼しました。私としたことが、お恥ずかしい」

アンジェリーナが落ちついたので、何がそんなに嬉しいのか聞いてみた。

「ミスリルですよ！　しかも、ミスリルゴーレムのミスリルってことは、純度がこれ以上ないほど高いのです！」

「そ、そうなんだ……」

ずいっと顔を近づけてくる。まだ興奮しているようだ。

「あ、これは失礼……。えーっと説明しますとですね、金の価格が1キロでおよそ大金貨10枚です。これはいいですか？」

「うん」

「それに対してミスリルは、1キロが大金貨28枚で取り引きされています」

「へー、すごいんだね。……ん？」

僕は25台の荷車に載っているミスリルの山を見た。

「えーっと……」

「気づいたようですね。はい、荷車1台でも大きな金額が動きますが、25台もあるのです！」

僕は呆然とした。

「単純に荷車1台に1トンのミスリルが積まれていたとして、25台で25トン。これを先ほどの相場で売った場合、総額は大金貨70万枚になります！財政難なんてどこ吹く風ですよ！」

「あ、うん。理解できた……」

アンジェリーナじゃなくても卒倒すると思う。

スーラは、なんてもののところに案内してくれたんだ!?　嬉しいけど。

そんなわけで、アンジェリーナから砦を築くOKが出た。

「砦だろうと要塞だろうと、造っていいわー！」

気が大きくなったアンジェリーナである。

『おい、大金貨７００枚を使わなくても砦は築けるぞ』

『本当に⁉』

大金貨70万枚に比べたら、大金貨７００枚なんてなんでもないと思いがちだけど、大金貨７００枚は、今の僕の領地の税収の2年分以上になる大金だ。

それが必要ないというのは、魅力的な言葉である。

『ザックが創造魔法で造るんだよ。そうすれば、金はかからないぞ』

『そ、創造魔法……。無理だよ！』

『無理なものか。砦くらい、ちょちょいのちょいで造れるくらいでないと、実戦で使い勝手が悪いからな』

『うわ────、無茶を言う────』

『アンジェリーナには、俺から言っておいてやる』

『てか、今さらなんだけど、創造魔法のことは内緒じゃないの？』

『内緒なのは敵に対してだよ。味方なら、あるていどは教えてもいいぞ。カルモンたちは信用できると思うし』

スーラが隠せって言ったのに……。まあ、皆の前でグラムとか造っているし、今さらだね。

そんなわけで、僕は魔の大地に面する最前線に、創造魔法で砦を築くことになってしまった。

アンジェリーナは大金貨７００枚が浮いたから、領内の開発に力を入れると言っていたけど、そもそも大金貨70万枚の予算があるんだから、大金貨７００枚くらいは誤差の範囲内だよね？

「殿。これまでの調査の結果、この辺りが一番モンスターを食い止めやすい場所かと思われます」

ゼルダの説明を聞き、南を見ると谷があり、北には峻険《しゅんけん》な山々が連なっている。

「ここは、魔の大地にかなり入り込んでいると思うけど？」

「はい、ここは魔の大地と言われていた場所です」

言われていたって、今も魔の大地だよね？

「ゼルダ。ここは僕の領地ではないよ。砦を築くのはマズくないの？」

「ここは、どの国にも属していない土地です。砦を築けば、それすなわち殿の領地になるのです」

「僕の領地……」

『いいじゃねぇか、この土地には色々な資源が眠っているぞ。手つかずの資源だぞ』

『手つかずの資源……』

『それらが手に入れれば、モンスターの素材に頼らないで済む。ミスリルを売った金で、この土地を開発すれば、その後も資金に困ることはないぞ』

なんだか乗せられている気がする。だけど、資源という言葉は甘美な響きだ。

「分かったよ。ここに砦を築こう」

「はい！」

僕はこの場所に留《とど》まって、創造魔法で砦を築くことにした。

「ザック様、まずは防壁を築きましょう」

スーラが、真面目秘書官を装ってそう言った。

念話の時は乱暴な言葉遣いなのに、本当に面倒くさい。

僕は、魔力が尽きるまで防壁を築いた。

「ザック様、マナポーションです。飲んでくださ
い！」

無理やり口にマナポーションを流し込まれて、再び防壁を築いた。何度もそれを繰り返された……。

おかげで防壁は3日でできた。なかなか堅牢《けんろう》な防壁だと思う。

防壁ができたので、今度は建物を造っていく。

皆も防壁の中にテントを設営して、そこを拠点にモンスターを狩っている。

半月もすると、概《おお》ね建物もできた。

僕は何度も魔力が枯渇して、その度にマナポーションを口に流し込まれた。

今度、スーラに仕返しをしてやる！

結構、立派な造りなので、砦というよりは要塞や城といった感じになった。

砦の内部には、訓練所が1つに兵士の宿舎が3つ、鍛冶場《かじば》が1つと井戸が5つ、武器庫が3つ、兵糧庫《ひょうろうこ》が4つ、倉庫が2つある。その他にも、客がきた時の宿泊用の屋敷などを造ったとしても、まだ余裕がある広さだ。

中のほうが概ねでき上がったので、今は防壁の外に空堀を築いている。

防壁だけでも結構な堅牢さだと思うけど、空堀を二重にすることで防御力はさらに上がる。

「もう少しで完成ですな、殿」

「本当にもうすぐ完成だね。完成後は誰に砦を任せようか」

「そうですな……」

カルモンは顎に手を当てて考える。


「ここはケリーに任せましょう」

「ケリーか……。砦を築くことを提案してきたゼルダでなくていいの？」

「ゼルダは殿のそばに置いたほうが役に立ちます。もし、ケリーだけで不安であれば、クリットを補佐につければいいでしょう」

「クリットなら経験豊富で優秀だと思うけど、補佐でいいの？　ケリーよりも古参だよ？」

「クリットは、ナンバーワンよりもナンバーツーのほうが性に合っていると言う奴ですから、問題ないでしょう」


クリットと長い付き合いのカルモンがそう言うのだから本当だと思うけど、いいのかな？

『ぐだぐだ考えても仕方がないだろ。やってみてダメだったら直せばいいんだよ』

『そ、そうだね。分かった』


「それなら、ケリーに任せようか」

「それがいいでしょう」


そんな話をした数日後、空堀を作るのも終わったので、僕は最後の仕上げとばかりに、砦のほぼ中央に、城と見紛《みまが》うばかりの建物を築いていた。

すると、訓練の声にしてはおかしい声が聞こえてきたので、気になって見にいく。


「お前たちは犬なのだ！　犬ならワンと吠《ほ》えろ！」

「「ワン！」」


僕は、何を目にしているのだろうか？

黒いエナメルボンデージスーツを着込んだロリ娘が、ムチを持って兵士たちを踏みつけている……。

「あぁぁぁリサさぁぁぁぁぁぁまぁぁぁぁぁぁっ」

よく見ると、ボンデージスーツを着ているのはリサだった……。

まあ、ロリの時点でリサなのは分かっていたけど……。

リサはハイヒールを履いているので、踏まれている兵士たちはとても痛そうだ。なのに、兵士たちは幸せそうな顔をしている……。

「なんだこれ……？」

「某もこの光景を見た時は、心臓が止まるかと思いました」

カルモンが苦笑いを浮かべている。

「あれは何をしているの？」

「某には理解できないことです」

「兵士を虐待しているなら、すぐに止めさせなければ」

「それが、あの兵士たちは……あれがいいそうなのです……」

「あれが……いいの？」

「はい、あれがいいそうです」

僕とカルモンは顔を見合わせて、なんとも言えない表情になった。

『いやー、リサ嬢はいい感じに仕上がってきたな』

『スーラ、何かしたの？』

『いや、俺はボンデージスーツとムチとハイヒールを、リサ嬢にプレゼントしただけだぞ。あ、俺の国の話も少ししたかな』

『絶対、そのせいだよね!?』

『何を言っているんだよ。あれはリサ嬢が自ら辿りついた境地だぜ。はーっはははは！』

スーラが悪の権化だった……。

「あの兵士たち……19名ですが、リサを女王様と呼び、ムチで打たれても喜びの声をあげ、ハイヒールで踏まれれば歓喜するのです」
「……うん、見なかったことにしよう」
「はい」

僕とカルモンは仕事に戻った。僕は何も見ていないし、何も聞いていない。
砦を作り続けたことで疲れが溜《た》まっているから、きっと空耳が聞こえたんだ。

「さてと、仕事、仕事。今日で終わらせるんだ」

018—新興貴族、子爵になる

砦を築いた僕は、屋敷のある町へ戻ったけど、町は人で溢《あふ》れかえっていた。

「どうしたの、これ？」

「公共投資により、町の区画整理、宅地造成、農地開墾などが行われておりますので、近隣だけでなく、王都からも多くの人が集まっています」

アンジェリーナの答えは、まさかのミスリル効果だった。

「あと、国に100キロのミスリルを献上しましたので、そのうち国王からの使者がくると思います」

そう言えば、そんなことを許可した記憶がある。

しかし、また使者がくるのか……。使者がくると、もてなしのパーティーを開いたりしなければいけないから、魔法や剣の訓練の時間が少なくなるんだよな。

ただでさえ、この1カ月近くは剣の訓練をしていなかったから、体が鈍《なま》っている気がするんだよね。

「こちらにいらしたのですね」

セシリーだ。僕を捜していたようだけど、何かな？

「殿、砦の名前を教えてください」

「え、名前……？」

「もしかして、名前をつけずに帰ってきたのですか？」

「うん……」

セシリーが、少し呆れたような顔をした。

「セシリー、適当につけておいて」

「ダメですよ。こういうのは、領主である殿がつけるものなんです」

「そ、そうなの？　うーん……」

名前なんか全然考えていなかった、何にしようかな……。

『ねえ、砦の名前は何にすればいい？』

『お前が決めることなんだろ、ぱぱーっと思いついた名前でいいんじゃないか』

それが、まったく浮かんでこないから困っているんだけど。

『そういえば、この町の名前ってなんだっけ？』

『はあ……、ザックは頭がいいのか悪いのか……』

『そんなに呆れなくてもいいでしょ』

『この町はロジスワンだ。覚えておけ』

『あ、うん。ありがとう』

ここがロジスワンだから、砦はロジスツーでいいかな？

『ここがロジスワンだから、砦はロジスツーにしようなんて安直な考えはしてないよな？』

『うっ』

『考えていたな』

『だ、ダメかな？』

『まあ、お前の領地だし、好きにしろ』

そう言われると逆に、いい加減に考えられなくなるよ。

『……じゃあ、ロジスタークなんてどう？』

『お、いいんじゃないか。ロジスターク、なんかカッコいいじゃないか』

よかった……。

「砦の名前はロジスタークにするよ。そう記録しておいて」

「承知しました」

セシリーは、淡いピンクの髪の毛をなびかせて、屋敷の中に消えていった。

王都から国王の使者がやってきた。今回もハイマン・アムリッツァ子爵だ。

「ご無沙汰《ぶさた》しております、アムリッツァ子爵」

「こちらこそ、ご無沙汰しております、ロジスタ子爵」

「ん？　えーっと、僕は子爵ではなく男爵ですよ？」

アムリッツァ子爵はにこやかな表情で、木箱から書状を大事そうに取り出した。

「陛下からの勅書です」

僕はソファーから腰を上げ、横にずれて膝をつき頭《こうべ》を垂れた。

そして、アムリッツァ子爵の口から紡がれた言葉は、高純度のミスリルの献上を褒めて、僕を子爵に昇爵させるというものだった。

「おめでとう、ロジスタ子爵」

「ありがとうございます、アムリッツァ子爵」

僕は勅書を受け取り、再びソファーに座った。

「しかし、ミスリルゴーレムを討伐されるとは、ロジスタ子爵が羨ましい。私は文官ですから戦功を立てることもできませんし、ましてやミスリルゴーレムを討伐するなど、とても叶《かな》いません」

「運がよかっただけです」

「運も実力のうちと言いますからな、ははは」

アムリッツァ子爵をもてなすパーティーを催した。

アムリッツァ子爵は、魔の大地で狩ったモンスターの肉料理をとても気に入ったようで、特にワイバーンの肉は、鶏肉《とりにく》に近い食感ながら、熟成した牛肉よりも芳醇《ほうじゅん》で深いコクがあると言っていた。


「そうそう、今回のミスリルのことで、ロジスタ子爵のことが王都でも噂になっていますぞ」

「噂ですか？」

「左様、普通の大きさのミスリルゴーレムからは、最低でも3トンほどの高純度のミスリルが取れるはずで、そうであれば鍛冶師や商人が黙っていないだろうと。それに大金が動くので、貴族たちもなんとか美味しい思いができないかと考えていることでしょう」

「………」

僕は知らなかったけど、普通のミスリルゴーレムの身長は3メートルくらいらしい。

僕が倒したミスリルゴーレムは15メートルあったけど、それは、これまでの常識ではあり得ないくらいの大きさなのだと聞いたのは、ミスリルゴーレムを倒してからかなり後のことだった。

普通のミスリルゴーレムを倒しただけでも、軽く大金貨数万枚のお金が手に入るのだ。利権に聡《さと》い貴族たちが動かないわけがないよね。

『あれ？　僕が倒したミスリルゴーレムは、体長15メートルくらいだったけど、普通のゴーレムから取れるミスリルが3トンなら、僕の倒したゴーレムからは15トンくらい取れるはずだよね？』

『バーカ。ミスリルゴーレムの体長が5倍でも、真っすぐ上にだけ伸びているわけじゃないんだぞ。横にもデカくなっているんだから、15トンどころの話じゃないぞ』

『あぁ、そうか……。そうだよね、ははは』

「ボッス伯爵が目を光らせているので、貴族や商人がロジスタ子爵に何かしてくることは考えにくいが、用心に越したことはないと思いますぞ」

アスタレス公国との戦いや、その後のお礼ということで、ボッス伯爵にも30キロのミスリルを贈っている。

それがよかったのか、ボッス伯爵が目を光らせてくれているようだ。

「ありがとうございます。できる限り用心しておきます」

4日間逗留したアムリッツァ子爵は、満足して帰っていった。

ミスリルは必要な時に適量を販売することにしたので、今回は合計で5トンだけ売ることになり、アンジェリーナが販売の手配をしている。

「国中から商人が集まってきていて、アンジェリーナが対応しているけど、どの商人に売ることにしたの？」

「はい、1トンずつ5回に分けて、それぞれを入札制にしようと思っています」

アンジェリーナの説明だと、最低入札価格を決めておいて、最も高額を提示した商人に販売するということらしい。

「あのミスリルは、私の知る限り最高純度なので、最低入札価格は大金貨2万9000枚とします。尚《なお》、この最低入札価格は極秘ですから、ここにいる殿、スーラさん、私の3人だけの秘密でお願いします」

最低入札価格を口外すると、商人同士で談合して最低入札価格ギリギリで入札されてしまうそうだ。

そういったことを防ぐために、最低入札価格は極秘事項らしい。

アンジェリーナとの打ち合わせが終わると、今度は珍しくオスカーがやってきた。

いつも引きこもっているので、顔を見ることの滅多にないオスカーが、珍しい素材もないのに自分から出てくるなんて、何ごとだろうか？

「薬ができたのですぞ」

「薬？　なんの薬？」

僕はキョトンとした。

「アースドラゴンの頭部から薬を作ったのですぞ」

「あ……あれか」

すっかり忘れていた……。

「それで、その薬はどんな薬なの？」

「これですぞ」

オスカーが出したのは、小さな瓶だった。中には濃い紫とも黒っぽい紫とも見える、毒々しい液体が入っている。

「それが薬なの？」

「はい、薬ですぞ」

「えーっと、毒薬？」

「違いますぞ。言うなれば英知の妙薬ですぞ」

「英知の妙薬……？」


どう見ても毒薬にしか見えないけど……。


「そ、それで効果は？」

「むっふ――。聞いて驚いてくださいぞ！」

「うん、驚いた」

「まだ何も言ってないですぞ！」


いいから早く言ってよ。


「これは……」

「これは……？　（ゴクリ）」

「飲むと、すべての言語を理解できるようになる、英知の妙薬なのですぞ！」

「全ての言語を……」


僕は息を呑んだ。

それが、どれほどすごいことなのか、無知な僕でも分かる。分かるけど……。


「そんな薬ができたら、まさに英知の妙薬だけど、どうして効果が分かるの？」

「1級錬金術師は、物質の組成や効果が分かる特別な魔法を使えるのですぞ」

「そんな魔法があるの？　すごいじゃない！」

「ただし、錬金術師は魔法使いのように便利に魔法を使えないので、1日に1回しか使えませんぞ」

「それでも、すごいことだよ！」


しかし、この毒々しい液体が、そんなすごい薬なんだ……。

「ん？　これ、アースドラゴンの頭部を使ったんだよね？　アースドラゴンの頭部はほとんど使わなかったの？」

「何を言うのですぞ？　すべてを使ってこの薬ができたのですぞ」

「あれを全部使ってこれなの？」

「分解して濃縮して薬を作るので、１人分しか作れないのですぞ」

便利なのか無駄なのか、分からないや。

「説明は終わったのですぞ。某は研究に戻るのですぞ」

オスカーは僕の執務机の上に薬を置いて部屋を出ていった。

「そう言えば、薬は僕がもらうっていう約束だったな……」

「面白い薬じゃないか。飲んでみろよ」

「いや、僕は……」

こんな毒々しい薬は飲みたくない。

「これ売ったら、いくらくらいになるかな？」

「珍しい薬だからな。結構な大金になるんじゃないか？」

「そうだよね……」

僕は、アンジェリーナにこの薬を販売してもらうことにした。

アンジェリーナの瞳が『$』マークになっていた気がするのは、僕だけだろうか？

019—中堅貴族、ドワーフがやってきた

　オスカーがアースドラゴンの頭部で作った言語理解の薬も、入札で販売する方針になったので、国内の商人と王侯貴族に、こんな薬が手に入ったよって知らせたら、なんかすごいことになった。

　一番過剰に反応したのが、珍しいものを集めている国王だった。

　国王から、大金貨3000枚で買うぞって手紙がきたんだ。すると……。


「あの禿《はげ》国王、何言ってんのよ！　大金貨3000枚どころか1万枚は堅いわよ！」

　アンジェリーナが、国王を禿呼ばわりして憤慨している。

　僕が謁見の間で見た国王は王冠を被《かぶ》っていたので、禿かどうかは分からなかったけれど、アンジェリーナは見たことがあるのかな？　興味ないからどうでもいいけど。

「ものは考えようだぞ。大金貨ではなく、領地をもらうってのもいいかも知れんぞ」

　ゼルダのその言葉に、皆がなるほどと頷いた。

　というか、国王からの要請を無視していいのだろうか？

「ザック様、ここは伯爵位を望むのがよいかと」

スーラが真面目秘書官として発言した。

「そうか、領地は魔の大地を開拓していけば広がるが、爵位はそうはいかぬ。伯爵位を望むのはいいかも知れぬな」

カルモンも乗り気だ。

「それなら、ボッス伯爵にも口添えを頼みましょう。それと、もし伯爵位がもらえなかった場合、隣のエスターク領を要望しましょう」

アンジェリーナが二段構えの対応を提案して、僕と皆がそれを了承した。

ちなみに、エスターク領は人口が多く農業が盛んな土地で、ロジスタよりもはるかに多い生産量が見込めると思う。

▽▽▽

この間、ミスリルの1回目の入札があったけど、1トンのミスリルが大金貨3万1000枚で落札された。大金持ちだ。

大金持ちの僕が最近の日課にしているのは、午前中にジャスカと剣の訓練をすることだ。

身体強化していない僕は、ジャスカの足元にも及ばないので、毎日体中に青あざを作っている。

「殿の剣の腕は、ギリギリA級に届くかどうかです。もっと努力が必要ですよ」

「ジャスカ、ありがとう……」

僕は地面に大の字になって、荒い息をしながらそう応える。

体中を打ち据えられて痛いし、空気が足りないと肺が悲鳴をあげている。

「殿、ポーションです。飲んでください」

「ありがとう」

ジャスカからポーションを受け取って呷《あお》る。

ポーションは怪我を治してくれるけれど、痛みはしばらく続く。これは、内臓出血とかがあったらいけないので飲んでいるだけだ。

そこにカルモンがやってきた。

「殿、ドワーフどもがやってきました」

ジャスカに手を貸してもらって起き上がった。

「カルモン、ドワーフって、あの鍛冶師が多いドワーフ？」

「はい、そのドワーフで間違いないかと」

ドワーフというのは、僕たち人族よりも背は低いけれど、がっちりとした体形の種族だ。

「ドワーフが、なんの用なの？」

「ミスリルゴーレムがどうこうと申しております」

よく分からないけれど、とりあえず会ってみることにした。

「ワシらはこの土地で職人として働きたいのだ。受け入れてくれ」

ずんぐりむっくりの髭《ひげ》もじゃ茶髪ドレッドヘアオジサンが、挨拶もなしに働きたいと言ってきた。

ドワーフは、あまり細かいことには頓着しない種族だと聞いていたけど、その噂に間違いはないようだ。

「殿、ドワーフは皆、凄腕《すごうで》の職人です。受け入れましょう！」

僕でも、ドワーフの職人は凄腕ばかりだと知っているくらいだから、アンジェリーナは受け入れに大賛成のようだ。

　特にドワーフの鍛冶師や山師は、他の種族を凌《りょう》駕《が》する優秀な職人ばかりだと聞いている。

「しかし、ロジスタ領にはドワーフが加工する鉄などの鉱山もないのに、なんで？」

　鍛冶師の多くは、鉄鉱石の産地やその周辺の土地に住んでいるそうだ。

　産地に近ければ素材を手に入れやすいというのが、その理由なんだけどね。

「何をいっておるのだ。ミスリルゴーレムがいたということは、ミスリルの鉱床があるということだ。ワシらが、鉱山開発からミスリルの加工まですべて引き受けるぞ。それに、モンスターの皮で革製品も作れるし、よい石があれば、切り出して町を造る材料にもできるぞ」

　そう言えば、スーラが資源がどうこうって言っていたっけ。

「しかし、ミスリルゴーレムを倒した場所は、魔の大地の中ですよ。かなり危険な場所ですが、いいのですか？」

「領主軍が砦を築いたと聞く。かなり安全になっているのではないか？」

　よく知っているね。

「分かりました、受け入れます」

「よし！　さっそく、ミスリルゴーレムがおった場所に案内してくれ！」

「今からですか!?」

「ザック様。善は急げと言います」

「またスーラの国の言葉なの？」

「よいと思ったことは、躊躇《ちゅうちょ》せずに実行したほうがいいというたとえです」

「あぁ、なるほど……。うん、多分……分かったよ」


ドワーフは、なんと50人もいた。

リーダー格は、僕と交渉（?）していた茶髪ドレッドヘアのマッシュ・ムッシュという男で、彼は鍛冶師の親方であり、スミスギルドのスミスマスターだ。

引き連れてきたドワーフは鍛冶師、大工、石工《いしく》、鞍工《あんこう》、革工、山師の職人たち。


実を言うと、ロジスタ領にはすでにスミスギルドがある。だけど、スミスギルドは町や地域に関係なく、所属する職人の頭数がいれば自由に組織できる。

だから、ミスリルで話題になっている僕の領地で活動するために、ドワーフたちがスミスギルドを組織して、僕の領地へやってきたというのだ。

鍛冶師だけでなく大工、石工、鞍工、革工が一緒にいるのは、流通している魔の大地のモンスターの素材を、ロジスタ家が供給しているのだと知っていたかららしい。

供給源のそばに工房を構えれば、仕入れの値段が下がるし、面白い素材が手に入りやすいと言っている。


「ほう、ここがミスリルゴーレムが出た場所か。バンバラ、どうだ?」

「いい匂いだ。ミスリルだけじゃなく、他の鉱物も期待できるぜ!」


匂いで鉱物があるのが分かるのか?

ドワーフだからというわけじゃないよね? あのバンバラという赤毛のドワーフが特殊なんだよね?

「この近くに職人村を造ろうと思う。いいか？」

マッシュが聞いてきたけど、ここは魔の大地なので危険だ。

「ここは危険なので、近くにロジスタークという砦があるから、そこに住んではどうですか」

「ほう、砦に住んでもいいのか？　俺たちはありがたいが」

急遽、ロジスターク内に職人たちが活動するエリアを造ることになった。

「砦があるのは聞いていたが、これほどの防壁を備えたものだとは知らなかったぞ！　ロジスタはいいところだな！」

「防壁があるだけでいいところなんですか？」

「ワシらドワーフは、素材が手に入りやすい場所に工房を構えるから、モンスターの生息地のど真ん中に工房を建てることもあるんだ。それに比べれば、ここは堅牢な防壁に守られているから安全だぜ。がーっはははははは！」

さすがは職人の集まりなだけあって、僕が創造魔法で家を建てなくてもバンバン家が建っていく。

「さすがはドワーフですな」

カルモンも、ドワーフたちの手際のよさに感嘆している。

「殿、このロジスタークを町にしましょう！」

ドワーフたちと商談があるのでアンジェリーナも連れてきているんだけど、そのアンジェリーナがロジスタークを町にしようと提案してきた。

「ここは危険な魔の大地だよ？」

「でも、より堅牢な防壁を造れば、町にできます。ロジスタークはそれだけの可能性を持っているのです」

たしかに、ここは広大な土地だから町を造れるけど、それって僕に防壁を築けって言っているんだよね？

「ふむ、ロジスタークを町にして人口が増えれば、ソルジャーギルドの支部もできるかもしれませんな。そうなれば、モンスターからの防衛も、よりしやすくなりますぞ」

「カルモン様は、このロジスタークをモンスターからの防衛の最前線の町、つまり防衛都市にしようと仰っているのですね」

「うむ、スーラ殿はどう思うか？」

「いい案だと思います。人口が増え、税収も増え、モンスターを狩る人手も増えます」

カルモンと真面目秘書官モードのスーラが、意気投合している。

でも、スーラのことだから、何か裏がありそうなんだけど……。

「それだけではありません。ロジスタークでモンスターを防げば、ロジスワンに対するモンスターの脅威が減ります。それは、穀倉地帯をさらに広げることができ、税収も増えるということです！」

アンジェリーナも入って、3人で話が盛り上がる。

人口増と税収増を考えると、ロジスタークの規模を大きくするのはいいことかもしれない。

「分かった。このロジスタークを大きくしよう」

当然、僕が防壁を築くわけだ。だけど、それは創造魔法の訓練にもなるので、不満なんてない。

ただ、スーラが魔力切れの僕に、マナポーションをがぶ飲みさせるのだけは勘弁してほしい。

020──中堅貴族、伯爵になる

防壁造りを続けているうちに、僕の創造魔法もかなりすんなりと発動するようになってきた。

防壁は山から谷まで数十キロにも及ぶものを造っている。

スーラが悪乗りして提案したら、皆がそれがいいと言ったのだ。

僕も、防壁は大きく長いほうがいいと思っているから賛成したんだけど、全部僕が造ることになるとは思っていなかった。

しかし、これだけのものを自分1人で造っていると思うと、創造魔法のすごさを実感する。

『ははは、小さな万里《ばんり》の長城《ちょうじょう》だな！』

『万里？　何それ？』

『昔、俺の故郷の隣の国が造った防壁だ。長さが2万キロ以上もある防壁だぞ』

『に、2万っ!?』

『異民族の侵攻を防ぐために築いた防壁だが、魔法も使わずにその防壁を築いた奴がいるんだよ。まあ、その万里の長城を築くために、動員された多くの人が苦しむことになったんだけどな』

うわー、すごいことを考える人もいたんだね。

『おっと、モンスターがくるぞ』

『あ、うん』

魔法を使い続けていたおかげかな、僕もモンスターの気配が分かるようになった。

　スーラには遠く及ばないが、それでも早めにモンスターや近づいてくる人の気配が分かるのはありがたい。

『山から下りてきたみたいだな』

　防壁はもうすぐ完成する。崖がそそり立つ山から谷まで数十キロの長さの防壁でも、飛ぶモンスターと山から下りてくるモンスターは、どうしても防げない。幸いなのは、谷がかなり深いことで垂直な壁を登ってくるモンスターがいないことかな。

『山から下りてくるモンスターを防ぐには、どうすればいいのかな？』

『そんなことで悩んでいるのか』

『そりゃー、悩むよ』

『東の大陸では、モンスター除《よ》けのマジックアイテムを使っているぞ』

『そんなマジックアイテムがあるの？　東の大陸はすごいね』

『東の大陸は、色々な意味で進んでいるからな』

『そのマジックアイテムって高いの？　輸入できないかな？』

『輸入って、買うつもりなのか？』

『盗むわけにはいかないでしょ』

『いや、ザックは何を考えているんだ？』

『ん？』

『ザックには創造魔法があるじゃないか』

『……創造魔法って、そんなマジックアイテムも作れるの？』

『当たり前だろ。今さらだぞ』

　スーラに呆れられてしまった。

　でも、モンスター除けのマジックアイテムまで造れるのか、創造魔法って本当にすごいんだね。

『防壁を造ったら、モンスター除けのマジックアイテムを造るぞ』

『うん』

2カ月かけて防壁を完成させた僕は、モンスター除けのマジックアイテムの創造にとりかかった。

だけど、マジックアイテムを創造するのは、簡単ではなかった。

一生懸命イメージしているんだけど、ちゃんとしたモンスター除けを創造できないんだよね。

「まさか、本当に殿お1人で防壁を完成させるとは、思ってもいませんでしたぞ」

「しかも、防壁と一体になった砦があるので、防御力は折り紙付きですな」

カルモンとゼルダが、完成した防壁を見上げて話している。

「4キロごとに見張り所を兼ねた狼煙台《のろしだい》を設置してあるから、監視しやすいぞ」

狼煙台は、ゼルダの案で設置することにした。

狼煙台には5人の兵士を常駐させて、何かあったら狼煙を上げるのと、馬で早駆けして砦に知らせるという態勢だ。

「あとは、定期的に兵を見回らせれば、安定するでしょう」

「しかし、そのためには増兵することになる。しばらく資金に困ることはないが、兵士たちの給金はモンスターを狩れば狩るほど多くなる。兵を増やすのだったら、今まで以上にモンスターを狩らねばならぬな！　がーっははははは！」

ゼルダと話していたカルモンが、豪快に笑う。

そう、この防壁を有効なものにするためには、今までの兵数では足りなくなるので、60人ほど増やして監視体制を確立する必要がある。

それに、魔の大地の最前線であるロジスタークをせっかく築いたんだから、防衛だけでなく、魔の大地のモンスターを狩って、ロジスタークの存在価値を高めないとね。

あと、ロジスタークに兵士を集めると、ロジスワンが手薄になってしまうので、合計で200人ほどの兵士を雇うことにした。

ロジスタに入領した頃の財政難はどこにいったのだろうか？


『バブルだぜ！』

『また、わけの分らないことを……』

『こういう好景気の後には、必ず景気の後退がある。その時のことを考えておけよ』


スーラが、まともなことを言った!?


僕が防壁を築いている間に、2回目のミスリルの入札があって、大金貨3万枚で落札された。

こういうのをバブルというらしい。


「殿。王都から、使者がお越しになられました」

「とうとうきたか」


言語理解の薬を国王が買いたいと言ってきたので、紋章官のセシリーを使者として送って交渉していた。

国王はどうしても言語理解の薬がほしいようで、爵位を上げる約束をしてくれたんだけど、家臣たちの反対もあって、交渉に時間がかかったみたい。

家臣の反対を押し切ってまで爵位を上げてくれるのはありがたいけど、反対した家臣や他の貴族たちの嫉妬があるはずだから、僕は言動に気をつけようと思う。


「アムリッツァ子爵、何度もお越しいただき、申しわけありません」

「いえいえ、これもお役目なので気にしないでくだされ、ロジスタ伯爵」

そんなわけで僕は伯爵になった。

貴族になって1年もしないのに、伯爵になってしまった。ははは……。

それと、魔の大地で僕たちが確保した土地も、正式にロジスタ領に編入することが許されたそうだ。

こっちのほうは薬とは関係ない。この国の制度で、誰も治めていない土地の領有権は、どれだけ実効支配しているかによって決まることになっている。

つまり、砦を築いた僕は、魔の大地の一部を合法的にロジスタ領に編入させることができるんだ。

いつものように、アムリッツァ子爵を歓待した。

今回は5日も逗留していった。もちろん、お土産もしっかり持って帰っていったよ。

「殿、ルマンジャ族の代表者が、お会いしたいと申し出てきました」

「ルマンジャ族？」

アムリッツァ子爵が帰ってから半月ほど。ジェームズが、聞きなれない種族が面会を求めてきたと言ってきた。

「ルマンジャ族は、鳥系の獣人の総称です」

「鳥系の獣人？」

「アスタレス公国からきたのではないかと思います」

「アスタレス公国から……」

「あの国は、獣人を亜人と呼んで蔑《さげす》んでいますから、逃げてきたのではないでしょうか」

なるほど……。とりあえず会ってみよう。

ルマンジャ族の代表の背中には、翼があった。

獣人はこのアイゼン国にも多くいるし、貴族の中にも獣人はいる。

だけど、翼のある獣人は見たことがなかったので、僕は思わずその翼に見入ってしまった。

「失礼、ルマンジャ族を見たのは初めてなので」

「翼がある種族は珍しいですから、お気になさらないでください」

藍色《あいいろ》の髪の毛と瞳を持った小柄な色白の少女が、ルマンジャ族の代表のようだ。

「僕はロジスタ伯爵。この地を治めている」

「私はパロマです。獣人の代表としてやってきました」

「獣人を代表してと言いますが、その獣人とは何を指しますか？　ルマンジャ族ですか？」

「いえ、ルマンジャ族だけではなく、多くの獣人種族です」

つまり彼女は、そういった多くの獣人たちの代表としてやってきたわけか。

しかし、僕よりも年下と思われるパロマが代表だということに、違和感を覚える。

僕は、その違和感について率直に聞く。

「なぜ、君のような若い女性が代表者に？」

「私は、あの北の山を越えてやってきました」

「北の山……？　でも、あの山は……」

「はい、ワイバーンやグリフォンなど、飛行系のモンスターがうようよいます。ですから、私のような小柄で高速で飛べる者が、岩の陰から陰に隠れながら山を越えてきました」

なるほど。だから彼女というわけなんだ。

パロマの話はさらに続いた。アスタレス公国では、人族以外を人として認めていない。これはジェームズに聞いた通りだ。

そして、今、アスタレス公国は内戦状態に陥っていて、それぞれの勢力が獣人を集めて尖兵《せんぺい》にしているそうだ。

しかも、武器も持たせず、防具も身に着けさせず、獣人たちは劣悪な環境下で1人、また1人と死んでいっていると言うのだ。

だから逃げ出すことを計画して、僕に助けを求めてきた。

僕に助けを求めてきたのは、アスタレス公国の公太子を殺した僕が、このロジスタの地を拝領したらしいと噂されているのを聞いた獣人がいて、獣人の間でなぜか僕が救世主的な存在になっているからだと言う。

「なぜそうなった!?」

『あーっはははは！　面白いじゃないか。助けてやれよ』

『助けるったって、どうやって？　まさかアスタレス公国に戦いを挑むわけじゃないよね？』

『まあ、戦うのも面白いが、北の山にモンスター除けのマジックアイテムを設置してやればいいじゃないか』

『いやいやいや、モンスター除けのマジックアイテムの創造は成功してないから！』

『バカ野郎！　お前は虐げられている獣人たちを見殺しにするのか!?　ザックがそんな薄情な奴だとは思ってもいなかったぞ！』

『う……』

『男の見せどころだぞ』

『……分かったよ、なんとかモンスター除けのマジックアイテムを造るよ……』

また、マナポーション漬けだな……。

■■■■■■■■■■■■■■■■■

０２１―中堅貴族、難民を助けにいく

■■■■■■■■■■■■■■■■■

『形なんて四角い箱でいいんだ。とにかく、それからモンスターの嫌いな音や臭い、そして気配が出ているイメージをするんだ！』

自分の部屋の中で、モンスター除けのマジックアイテムを創ろうとイメージしている。

『世界のどんなモンスターも寄りつかないというイメージが大事だ！』

むむむ……。

スーラの言うようにイメージしているけど、なかなかマジックアイテムを創造できない。

僕の想像力が貧しいのがいけないとスーラは言うけど、見たこともないものを創造するのは、簡単じゃないと思うんだ。

『今日中にマジックアイテムを創造しないと、獣人たちはアスタレス公国の奴らに殺されて、山ではモンスターに殺されるんだぞ』

『うぅ……』

僕の想像力よ、僕のためじゃなく獣人たちのために、モンスター除けのマジックアイテムを創造させて！

机に向かって座っている僕の手元に、だんだんと光が集まってくる。もしかしたら、これはいけるのかな？

集まってきた光に、僕の思いとイメージを注ぎ込む。お願いだ、モンスター除けのマジックアイテムよ、できてくれ！

お願いだ――――っ!! ピカッ。

「できた……？」


『やったじゃないか。それからは、モンスターが嫌がる波動のようなものが出ているぞ』

『そ、そうなの？ てか、なんで分かるの？』

『おいおい、俺もモンスターだぜ』

『あ、そうだった。最近、その人型に慣れてしまって忘れていたけど、スーラはスライムだったよね。でも、スーラにモンスター除けのマジックアイテムは効かないの？』

『俺はモンスターだけど、モンスターを超越した存在だからな。このていどのものは、大して効果がないぞ』

『う……。このていどって、それって大丈夫なの？』

『問題ない。俺には効かないというだけで、雑魚どもにはしっかり効くさ』

『……それならいいんだけど』

『よし、これをあと100個作れ』

『えっ!?』

『1個じゃ、せいぜい半径2キロくらいしか効果がないぞ。獣人たちは山を越えるんだから、あっちこっちに設置してやらないとダメだろ。それに、獣人たちを受け入れたら、ロジスタ領内にも設置することにしたじゃないか。数は多いに越したことはないぞ』

『そ、そうか……。うん、がんばって作るよ！』


創造魔法で、モンスター除けのマジックアイテムを創造しまくった。

魔力が枯渇すると、スーラがすかさず僕の口にマナポーションの瓶を突っ込んできた……。それ止めて。

「ザック様、モンスター除けのマジックアイテムが100個になりました。よくがんばりましたね（ニコリ）」

笑顔は天使だけど、やっていることは悪魔だ。

翌日、僕はモンスター除けのマジックアイテムを山に設置する部隊を編成した。

「こんなもので、モンスターが寄ってこないのですか？」

カルモンは、右手の上に乗せた青く輝く四角い小さな箱を見つめて、呟くように言う。

「カルモン様、そのマジックアイテムの効果は折り紙つきです」

「そうか、スーラ殿が言うのだから、間違いはないな」

なぜ、スーラの言うことなら信用するのか分からないけど、信用してくれるのはありがたい。

「今回は新人の訓練を兼ねて、100人を連れていきます」

「分かった。いつものように、身体強化だけしておくよ」

任務前は身体強化魔法で、兵士たちを強化しておくのも僕の仕事だ。

一度強化すると20日ほど効果が保《も》つので、兵士たちは15日周期で僕のところにやってくる。カルモンたちは、おかげでモンスターと戦っても、兵士の被害が少なく済むと言っている。

「おぉぉ、力が湧いてくるぞ！」

今回の兵士たちは新規採用の者ばかりなので、強化してやると皆が初めての感覚に驚いているようだ。

「カルモン、進軍」
「はっ！　しんぐ――――ん！」

僕はアルタに乗り、腰にはグラムを佩《は》く。
左を見ると真面目秘書官のスーラ、右にはカルモン。２人とも馬に乗っている。
僕たちのすぐ後ろにいる６人の兵士も馬に乗っているけど、彼らは熟練兵士。
その後ろに、新規採用した１００人の兵士たちが徒歩でついてくる。

「今回の作戦では、モンスターとの遭遇戦はまずない。だけど、気を抜かないようにね」
「承知しております、殿」

カルモンは問題ないけど、新人たちはどうなんだろうか？
ピクニック気分だと痛い目を見るかもしれないから、気を引き締めてくれているといいんだけど。

僕たちは、駆け足ていどの速度でロジスタークに向かい、そこで補給して山に入る。
身体強化をかけているおかげで、駆け足で進んでも兵士たちに脱落者はいない。

「殿、お待ちしていました」

ロジスタークの門の前では、ロジスターク守備隊の隊長であるケリーが待っていた。

「やあ、ケリー。元気だったかい」
「はい。ぴんぴんしています！」

最近、ケリーが若返ったように、僕には見える。

最初に会った時は、32歳という年齢相応の見た目だったのに、今は25歳くらいに見える。何かあったのかな？

「とのーーーっ⁉」

ロジスタークの中から、小さい何かが飛んできた。よく見たらリサだった。

今日はボンデージスーツではない。あれは、僕の精神にダメージを与えるから、魔法使いらしいローブ姿でよかった。

「やあ、リサ。久しぶり」

「はい、久しぶりです！」

僕は2人から近況報告を聞いて、翌朝早くに山へと向かった。

「殿、あちらを」

カルモンが指さしたほうを見ると、いつかのパロマが飛んでくるのが見えた。

「ロジスタ伯爵様！」

パロマは地上に降り立つと、僕の前で地面に膝をついた。

しかし、泥や土埃《つちぼこり》で汚れたパロマの姿を見て、僕は顔をしかめる。

「その姿はどうしたの？」

「途中でワイバーンに襲われましたので、岩や木々の中へ逃げ込みました。見苦しい姿をお見せしてしまい、申しわけございません」

「怪我はないの？」

「はい、ロジスタ伯爵様のかけてくださった身体強化魔法のおかげで、飛ぶ速さが上がっていて、ワイバーンから逃げ切ることができました。ありがとうございます」

僕たちはパロマの案内で山に入っていく。

山は1500メートル級なんだけど、本来はモンスターの巣窟なので人の往来はない。つまり、道がないのだ。

僕はそんな山を登りながら、創造魔法で道を造っていく。地道な作業だけど、道を造る意味は大きい。

この道を通って、獣人たちが山を越えてくる。

それを考えると、できるだけ歩きやすい道にしなければいけない。

「ふー……。やっと頂上か」

僕は魔力を回復させるために休憩しながら、眼下を見渡した。

アスタレス公国側の麓に、多くの獣人が集まってきているのが見えた。

「……なんだか、数が多くない？」

「ザック様、パロマが言っていたではありませんか。数がかなり増えたと」

そう言えば、合流した後にそんな話を聞いたっけ。

しかし、最初は2万人くらいだと聞いていたけど、その倍……いや、もっといるんじゃないかな？

「どこからか話を聞きつけた獣人たちがどんどん集まってきまして……。さらには、エルフやドワーフも合流してきました。申しわけありません」

「パロマが悪いわけじゃないし、いいよ」

パロマも、ここまで増えるとは思っていなかったはずだからね。

でも、情報管理の観点からすると、あまりよくない。

情報が洩れていたら、アスタレス公国も動くかもしれないから。

「しかし、いい眺めですな。ロジスタもそうですが、アスタレス公国のほうも遠くまで見渡せますぞ」

山の上から眼下を見つめているカルモンが、何かを考えている。

「ザック様、この山の西側の頂に見張り所を造れば、アスタレス公国の動きが手に取るように分かりますね」

「スーラ殿も、そう思うか？　殿、某もそう思っていたところです」

この山々は西側にいくと麓が平地になっていて、ロジスタ領とアスタレス公国が接している。

山の上に見張り所があれば、アスタレス公国が攻めてきてもいち早く察知できるし、陣形も分かるだろう。

なにせ僕は、アスタレス公国の公太子を殺したんだから、恨まれていると思ったほうがいい。いくら内戦中だとしても、領地が接している以上は、楽観視はできない。

「魔の大地でなくても山にはモンスターが多くいますので、アスタレス公国側にモンスター除けを設置しなければ、見張り所が攻められることもないでしょう」

カルモンが頷きながら、自分で納得している。

「ザック様、モンスター除けを作れるのであれば、モンスター寄せも作れるでしょう。山のアスタレス公国側にモンスター寄せのマジックアイテムを設置しておけば、モンスターの密度が濃くなり、見張り所はモンスターによって守られます」

「なるほど！　それはいい案だ！」

スーラの提案にカルモンが大きく頷き、賛成した。

「僕も、アスタレス公国の動きは気になるから、今回の作戦が終了したら、見張り所とマジックアイテムを設置する場所を選定しようか」

「それがいいと存じますぞ、殿」

休憩を終えた僕たちは、さらに進んだ。もちろん、僕が道を創造しながら。

「殿、麓ですぞ！」

何度もマナポーションを飲んで、道を創造しながら進んだ僕は、とうとう麓までやってきた。


「俺は、この獣人たちのリーダーをしているレオンという。よろしく頼む」

獣人もドワーフ同様に、丁寧な言葉遣いは苦手な種族だ。

アイゼン国は人族だけの国ではない。人族が50パーセント、獣人が30パーセント、ドワーフが15パーセント、エルフが数パーセントで、他にもいくつかの少数種族がいる国だから、種族差別は比較的少ない。

それでも、北部は人族比率が高く、僕のロジスタ領は人族が95パーセント以上を占めている。

だから、僕には人族以外の家臣はいない。獣人を差別しているわけでは決してないけれど、獣人は獣人貴族の領地にどうしてもいってしまうんだ。

「ザック・ロジスタ伯爵だ」

「これは失礼した。まさか伯爵様が、直々にきてくれるとは思っていなかった」

「細かいことは言わない。だけど、僕の領地に受け入れるためには、確認しないといけないことがある。僕の領地では種族差別はない。獣人だろうが人族だろうが、法で等しく裁く。皆は法に従うと誓うか？」

「……差別がないのであれば、問題ない。誓おう。皆もそれでいいな」

レオンの後ろにいた、それぞれの獣人の代表者たちが頷いた。

■■■■■■■■■■■■■■■
022―中堅貴族、難民を守る
■■■■■■■■■■■■■■■

獣人の難民は、全部で6万人くらいになっている。

これだけの獣人を受け入れるとなると、困ったことが起きる……。

ミスリルを売却したお金で、獣人たちの食料を買い込んでおいた。パロマから聞いた人数は2万人だったから、2万5000人分の当座の食料を買っておいたけれど、それでは足りないのだ。

僕が難民を受け入れると決めた時、財政を預かるアンジェリーナはかなり渋った。

2万5000人分の食料を買い込むだけでも渋っていたのに、それが6万人になったと聞いたら、アンジェリーナはどんな反応をするだろうか……。考えただけでも憂鬱だ。

獣人の半数くらいが山に入った。順調なんだけど、難民の中には老人や子供もいるし、数が多くてなかなか進まない。

こんなに遅いと、アスタレス公国の軍がきてしまうかもしれないから、内心かなり焦っている。

「ロジスタ伯爵様！　北にアスタレス公国軍が現れました」

「きたか……」

僕は難民を見た。彼らは不安そうな顔をしている。

「パロマ、アスタレス公国軍の数は？」

「先行する騎馬が500騎。その後方におよそ1万の歩兵です。それと――――」

思った以上に多い。内戦をしているんじゃないの？

「殿、どうしますか？」

「どうもこうもない。迎え撃って難民を逃がす」

僕がやらなければ、難民が殺される。

カルモンがニヤリと笑った。スーラは無表情だけど、嬉しそうだ。

「カルモン、スーラ。出し惜しみはなしだぞ」

「お任せください。このカルモン、敵を1人たりとも通しません！」

カルモンは僕の家臣になってから、これまで本気で戦ったことはないはずだ。

今日、カルモンの本気が見られるかと思うと、ピンチのはずなんだけど、なぜか心が躍る。

「ザック様、殺しまくっていいのですね？」

「今日は何も言わない。難民に被害を出さないためにも、アスタレス兵の虐殺を認めるよ！」

スーラが怪しく笑った。表情がこわっ⁉

「ロジスタ伯爵様、俺たちも戦おう」

レオンと数百人の獣人が、自分たちも戦うと申し出てきた。

「レオンたちは武器を持っていないだろ？　ここは僕たちに任せて、難民ができるだけ早く山を越せるようにしてほしい」

「……しかし、相手は大軍だぞ」

「僕はこれでも、公太子の首を取ったんだよ。あのていどの軍なんて、大したことないよ」

「……分かった。できるだけ早く皆を山に上げる。面倒をかける」


レオンが深々と頭を下げると、後ろにいた獣人たちもそれに倣った。

レオンたちが、年寄りや子供を抱えて山に入っていくのを見送り、僕は魔剣グラムを抜いた。


『久しぶりに活躍できそうだ、思う存分我を使ってくれ。主殿』

『頼りにしているよ、グラム』

『おう！』

『ご主人様、僕もいるからね』

『アルタも頼むよ』

『うん』


僕が連れてきた兵士たちも難民の移動に付き添わせることにしたので、アスタレス公国軍を迎え撃つのは、僕、カルモン、スーラの3人だけだ。

でも、不思議と負ける気はしない。スーラは本人が言うように化け物だと思うし、カルモンも化け物のはずだ。

一番心配なのが、僕なんだよね。

だけど、僕だって伝説の重力魔法と創造魔法を使える魔法使いなんだ。こんなところで死ぬつもりはない！


「2人とも、準備はいい？」

「某はいつでもいいですぞ、殿」

「準備など必要ありません」


なんとも心強い2人だ。

しかし、今回は僕たちがアスタレス公国の国境を侵しているので、大きな顔はできないね。

いや、アスタレス公国は敵国だから、いいことにしよう。

アスタレス公国軍の騎馬隊が、ものすごい勢いでこちらに突進してくるが、そこから100騎ほどが、大きく迂回するように隊を離れた。

「あの別動隊は僕が対応するから、2人は真っすぐ猛進してくる部隊をお願い」

「承知！」

「了解しました」

僕が別動隊に向かおうとしたら、スーラがずいっと前に出た。

「それでは、まず私が（キリッ）」

まだ真面目秘書官を演じているスーラはカルモンにそう言うと、猛進してくる騎馬隊に視線を向けた。

「覇王の威圧」

刹那、400の騎馬の動きが止まって前のめりに倒れ、上に乗っていた兵士たちは放り出されて地面に激突した。

うわー、痛そう……。

「「……」」

僕とカルモンは呆然《ぼうぜん》と立ち尽くす。一体、何が起きたのか？

「騎馬隊の始末は終わりました。生きていても数時間は起き上がれないでしょう」

僕は、スーラのその言葉で我に返った。

「あれは、スーラがやったの？」

「ふふふ、あのていど、何かをするというほどのことではありません」

スーラは口を押さえて笑う。

見た目が可愛いだけに絵になるけど、やったことはえげつない。


「すさまじいですな。スーラ殿が味方でよかった」

「うふふ。ザック様の味方には何もしませんよ。それよりもザック様、あの別動隊はザック様が殺《や》るのでは？」

「あ、うん。いってくる」

「お気をつけて」

『アルタ、頼むよ』

『うん』

アルタがゆっくりと足を出して、次第に速度を上げていく。

『グラム、頼りにしているからね』

『お任せくだされ、主殿』

僕は別動隊の100騎に向かっていく。

アルタは風のように速く、あっという間に敵との距離が縮まる。


「はぁぁぁぁっ！」


敵兵が馬上槍《ばじょうやり》を構えて、僕を突いてきた。

僕はその槍を、強化した動体視力でしっかりと見ながら躱して、グラムを横に振る。

すると、グラムから真空刃が飛んでいき、5人の兵士を馬の首と鎧ごと真っ二つにした。

その馬と兵士を踏み潰してアルタが進み、僕は何度もグラムを振って敵兵士を切り殺していく。

多分、その光景は敵からしたら、悪鬼のように見えていたと思う。

だけど、僕はグラムを振るのを止めない。

敵の別動隊が完全に沈黙した。僕は返り血を浴びているけれど、傷1つない。

後方から獣人たちの歓声が聞こえてくるけど、見てなくていいから早く山に登ってほしい。

「殿！」

カルモンとスーラがやってきた。

「まさに皆殺しですね、ザック様」

スーラの笑顔が怖い。

「しかし、これは前哨戦《ぜんしょうせん》でしかない。本隊は1万もいるんだ。気を緩めずにいこう」

「次は、このカルモンにお任せくだされ。敵の総大将までの道を作って見せましょう！」

カルモンは、スーラと僕だけが活躍したので、自分もいいところを見せようとしているようだ。

本隊は歩兵なので、進軍は遅い。このまま帰ってくれないかな。

「殿、パロマに聞いていた通りですぞ」

アスタレス公国軍は歩兵の前に、武器も防具もない獣人を盾にするようにして進んでくる。

獣人たちを肉壁にすることで、僕たちの攻撃を阻止しようとしているのだ。

「敵ながら、なかなか面白いことをしますね。殺し甲斐《がい》があります。くくく」

顔は笑っているのに、スーラの視線がとても鋭いものになる。

「あれでは手を出せない……」

困ったな。

「獣人を越えた先に腐れ外道《げどう》がいるのですから、獣人を飛び越えていけばいいのです」

「たしかに、スーラ殿の言う通りだ。獣人は飛び越えていくとしましょう！」

2人は獣人の肉壁をまったく意に介していない。

あの肉壁を越えていく自信があるんだと思う。

僕も、いや、僕とアルタも獣人の肉壁を越えていけるはずだ。

「しからば、某からいかせてもらいますぞ」

カルモンが剣を抜いた。

カルモンの剣は薄《う》っすらと金色に光っていて、グラムとは違った力を感じる。

「聖剣ですね」

スーラがそう言うと、カルモンが笑った。

神々《こうごう》しいと思ったら聖剣なの⁉　聖剣といえば、持つ者を選ぶと言われている秘宝だよね？

……そんなすごい剣を、なんでカルモンが持っているの？

そう言えば、ジャスカの伯父で剣の師匠ということくらいしか、カルモンのことを知らないんだよな。

カルモンがゆっくりと前進する。

後ろから見ていても分かる強者の威風。

その歩みは次第に速くなり、駆け足になっていく。

1人対1万人強。それなのに、カルモン1人のほうが強く感じる。

本物の化け物の存在感をカルモンから感じる。

カルモンは疾風《はやて》のように駆け、飛んでくる魔法や矢を聖剣で切り落としていく。

魔法や矢が飛んできても、まったく止まることなく走り続けたカルモンは、獣人たちの肉壁の上を飛び越えていった。すごい跳躍力だ。


「カルモンのオッサンが花道を作ってくれているんだ。そろそろ俺たちもいくぞ、ザック」

「普通のスーラだし!?」

「他に誰もいないのに、なんで演技をしなければならないんだ。いくぞ」

スーラが走り出したので、僕もアルタを走らせた。

023――中堅貴族、ロジスタの悪魔

アルタを走らせ獣人の肉壁を飛び越えて、アスタレス公国の兵士を踏み潰して着地すると、そのまま止まらずに進む。

目指すはアスタレス公国軍の首脳陣。

獣人を肉壁にするような腐った奴らをぶちのめす！

獣人たちを越えた僕とスーラは、カルモンが作った道を進んだ。

地面には無数の兵士たちの屍《しかばね》があり、アルタはその屍を踏み潰して進む。

スーラは、屍と屍の隙間にわずかに見える地面を器用にトントンと蹴って進む。屍を踏んで足が汚れるのが嫌なんだと思う。

カルモンが、立派な鎧を着た騎士たちと戦っている。いや、あれは蹂躙《じゅうりん》していると言ったほうがいいかな。

カルモンの戦いぶりを見て、雑兵どもが逃げ出している。

そりゃ、あんな化け物とは戦いたくないよね。

「カルモン！」

「殿！　この奥に総大将がいると見ました！」

「了解！　スーラ、いくよ！」

「承知しました」

真面目秘書官モードに入ったスーラを引き連れて、僕はアルタを走らせた。

アルタが敵兵を蹴散らし、僕はグラムから真空刃を飛ばして、守りの堅い敵陣を崩した。

「一気に雪崩《なだ》れ込む！」

見えた！　ひと際豪華な鎧を着ている、20歳くらいの青年だ。

「僕はザック・ロジスタ！　お命もらい受ける！」

「ひ、ひぃぃぃぃっ」

青年が最後に放った声が虚《むな》しく戦場に木霊《こだま》した。

僕は青年の首を切り落とし、近くにいた者たちに降伏を促した。

「武器を捨てよ！　抵抗すれば容赦なく切り捨てる」

これ以上、無駄な死人を出す必要はないから、降伏すればすべて収まる。

「終わりましたな」

「うん……」

僕は戦場を振り返った。

カルモンが作った屍の道、そしてアルタに乗った僕が通った道が、地獄へと続く道のように見える。

「ザック様、これはどうするのですか？」

「え？」

どこからか出した縄で、16人の捕虜を縛り上げたスーラが聞いてきた。

「そう言えば、捕虜など取ったら、アスタレス公国と捕虜の扱いについて交渉をせねばなりませんぞ……」

「あ……」

殺さなくて済むのならそれでいいと思って、捕虜返還交渉のことはまったく考えていなかったよ。

「うーん……。どうしようか?」

「それでしたら、私にお任せください」

「スーラに……?」

一抹の不安はあるけど、スーラに任せることにした。

スーラは16人の捕虜のうち、最も身分の低い少年兵士を連れて、アスタレス公国へと向かった。

スーラのことだから、殺されることはないと思うけど……、そんなことを考えながら、15人の捕虜と肉壁にされていた獣人を引き連れて、山を越えてロジスタ領に戻った。

「………」

難民の数を聞いたアンジェリーナが無言だ。

「すまない。なりゆき上、こうなってしまった」

「……はあ、連れてきてしまったものは仕方がありません。食料を追加で購入する手配をします。それと、衣服も多めに購入します」

「悪いけど、よろしく」

アンジェリーナは諦め顔で自分の執務室に戻っていった。

それから10日ほどしたら、スーラが帰ってきた。

「これが、アスタレス公国第二公子である、サンドレッド・アスタレスからの書状です」

スーラが持ち帰った書状を見ると、大金貨5000枚で捕虜の15人を返してほしいというものだった。

どんな交渉をして、これだけの大金を引き出したのだろうか？

それとも、捕虜の中にそれほどの大物がいるのかな？

でも、捕虜は子爵が3人、男爵が5人、7人は騎士爵や貴族の子弟だったはずだけど……。

「今のロジスタ家にとって金はあってもいいですが、金に困っているわけではありませんから、はした金では捕虜の引き渡しはしないと主張しました」

「その主張が通ってしまうほど、外交交渉というのは甘くないと思うけど……」

「そこは、はったりをかましてやりましたから」

絶対にはったりじゃなく、圧倒的強者による恫《どう》喝《かつ》だと思う。いや、覇王の威圧を交渉で使ったのかな？

聞くのが怖いから、聞かないでおこう。

「殿、そろそろ国からの反応があると思いますが」

「そうだね。何を言ってくると、ゼルダは思う？」

「最悪は爵位の剝奪と領地の召し上げでしょうが、そこまでは言ってこないでしょう。今回、第五公子を討ってしまいましたので、アスタレス公国内でこれまで優勢だった第二公子派の勢力が衰えて、第三公子派の勢力と拮抗《きっこう》することになりました。アイゼン国にとってはいいことです。ただし、それなりの罰はあるでしょう……」

敵対国の内戦が長引くのは、アイゼン国にとっても大きな利益になったはずだ。

ただ、勝手に戦端を開いて、第五公子の首を取ってしまった。これに対するペナルティーは当然あるだろう。さて、どんなことを言ってくるか……。

さらに5日たって、国からの使者がやってきた。

今回はアムリッツァ子爵ではない。

使者が伝えた内容は、領地替えだった。

「敵国とは言え、無断で攻め込んだわけだから、このていどで済んでよかったと思うべきかな?」

「国王の決定ですから、覆ることはないと思います。ん……?」

ゼルダが顎に手を当てて考え込んだので、僕たちはゼルダの考えがまとまるのを待った。

「おそらくですが、このロジスタ領が、魔の大地から出てくるモンスターの脅威から解放されたので、取り上げようと考えた者がいるのではないかと思います」

ゼルダがまとめた考えを聞いた家臣たちが騒然となる。僕も驚いた。

「なるほど、この土地は肥沃です。今まではモンスターの被害が多くて開発どころではありませんでしたが、モンスターどもはロジスタークの東に抑え込まれました。開発すれば、国にとってこの上ない食料庫になりますね」

アンジェリーナが頷きながら言った。

「殿、戦いますか?」

カルモンが僕に、国と戦うかと聞いてくるけど、今はその時ではないと思う。

「いや、受け入れよう」

「いいのですか? ロジスタークを築き、数十キ口に亘《わた》る防壁を築いたのは殿ですぞ」

「そうよ、殿がロジスタ領をここまでにしたんだから、取られるのは癪《しゃく》だわ」


ジャスカがカルモンに同意する。

リサはロジスタークにいるので話は聞けないけど、クリットとケリーはカルモンに賛成。ゼルダ、アンジェリーナ、ジェームズは戦うのは反対。セシリーとオスカーは保留。

そして、スーラも保留だった。というか、僕が念話で聞いても答えてくれなかった。

多分、僕が受け入れることを決めているから、何も言わないんだと思う。

「今回の件は、僕の独断だ。国が罰を与えるのは当然のことだと思う。つまり、理は国にある。だから、僕は今回の裁定を受け入れる」

受け入れは決まった。


「それで、そのサイドスという領地はどこにあるんだ？」

僕の説得を諦めたカルモンが、移封《いほう》先になる領地の確認をする。

ゼルダによると、広さだけならアイゼン国随一だけど、山と森に囲まれているそのサイドスという土地も、以前のロジスタ同様モンスターの脅威がある場所で、誰も入植ができないらしい。


使者であるアットン男爵と交渉を進めた僕は、移封は受け入れるけど、アスタレス公国の捕虜を引き渡すことは拒んだ。

罰として移封は受け入れるが、捕虜を取り上げると言うのなら、国と徹底的に戦うとアットン男爵に言った。

「分かりました。捕虜については諦めましょう。

しかし、移封は速やかに実行に移してもらいますぞ」

「分かりました」

難民はサイドスに連れていくことになった。難民が僕についていきたいと言ったからだ。

そして、ロジスタに元々いた住民の中にも僕についてくると言う人たちがいたので、一緒に連れていくことにした。

あとは、なぜかマッシュ・ムッシュ率いるスミスギルドのドワーフたちも、ついてくると言う。彼らは、この土地でミスリルやモンスターの素材がほしかったんじゃないのか？

結局、ロジスタ領はほとんど人がいなくなった。

民はゼルダに任せて、先にサイドスに向かってもらった。

僕はアスタレス公国から捕虜の引き取りの使者がやってくるのを待ってから、移封先に向かう予定だ。

「殿、アスタレス公国から使者がきました」

「意外と早かったね」

一応、外交の使者なので丁寧にもてなさないといけないね。

「こ、この度、ほ、捕虜引き取りの、せ、責任者――」

なんかすごく挙動不審なんだけど？　いや、これは怖がっているのか？

『スーラ、第二公子にどんなことを言ったのさ』

『大したことは言っていないぞ。うちの殿様は一騎当千どころか一騎当万《いっきとうまん》であり、万夫不当《ばんぷふとう》の殺戮者《さつりくしゃ》だから怒らせないほうがいいぞって言っただけだ』

『一騎当万？　万夫不当？　殺戮者？　それ、誰のこと？』

『ザックだけど？』

『殺戮者って、僕はそんなことはしないよ！』

『イメージ戦略だよ。ザックが敵対者には容赦しない化け物で、助けを求めてきた者には慈悲を与える神のような存在だと、世間に知らしめるんだよ。そうすれば、ザックに手を出そうとする奴はいなくなるじゃないか』

『たしかに言っていることは分かるけど……』

『その証拠にアスタレス公国の奴ら、ザックのことをロジスタの悪魔って呼んで恐れているぞ』

『何、そのロジスタの悪魔って!?』

『そんなに喜ぶなよ。いいじゃないか、二つ名ができて』

『喜んでない！』

使者は終始僕を恐れていた。

でも、元々条件は詰められていたので、大金貨5000枚と引き換えに15人の捕虜を引き渡し、領境までジャスカが送っていった。

『そう言えば、移封の話の時に何も言わなかったよね？　なんで？』

『俺の言葉でこうなったんだ。俺が何かを言うと話を拗らせるだろ』

『じゃあ、なんで無視したのさ？』

『坊やだからさ』

『何それ？』

『ザックは甘ちゃんだなと思っただけだよ』

『つまり、スーラは国との戦いを望んでいたけど、僕が受け入れると言ったから、無言の抗議をしていたってわけ？』

『なんでそう思うんだ？』

『だって、スーラだもん』

『ち、俺のことを分かってきたじゃないか。それでこそ相棒だ』

024―中堅貴族、サイドス始めました

新しい領地に移って2年が過ぎた。

サイドス領は聞いていたように、モンスターの闊歩《かっぽ》する土地だったけれど、なんとか町を築いて最近は落ちついている。


「殿、たまには狩りにいきましょうぞ」

「オスカーが研究室から出てくるなんて珍しいな。それで、狩りって何を狙うの？」

「今回はレッドバードがほしいのですぞ」

「レッドバードって、あの大きな鳥？」

「左様、レッドバードは両翼を広げたら5メートルにもなる真《ま》っ赤《か》な鳥ですぞ」

「でも、レッドバードは滅多にいないモンスターだよね？」

「それが、東の森で目撃情報があるのですぞ。ケリー殿の報告書に書いてあったのですぞ」

そう言えば、そんなことが書かれていたな……。

オスカーは引きこもりなのに、そういう情報はしっかりとチェックしているんだな。

「レッドバードは薬の素材になるの？」

「火炎症という病の特効薬が作れますぞ」

火炎症は体が燃えるように熱くなる病で、流行するスピードが速く、毎年多くの人が亡くなっている病気だ。

仮に完治しても高熱が何日も続くので、男性の

場合は生殖機能不全などの後遺症があるし、稀《まれ》に言語障害などの脳障害も起こるらしい。

『インフルエンザのような病気だから、特効薬があれば流行に備えることができるな』

『イン……またスーラの国のことだよね？』

『そうだ、俺の国では毎年インフルエンザが流行っていたが、ワクチンという薬を事前に体内に取り込む。そうするとインフルエンザになっても重症化せずに、ほとんどの人が完治しているんだ』

『そうなんだ。そんな国があるなんて、いい国なんだね』

『そう思うか？』

『違うの？』

『まあ、いいことなんだろうな』

最後はあやふやにされたけど、病気で人が死なないのはいいことだと思う。

オスカーが言うには、火炎症は発症してもすぐに特効薬を飲めば、後遺症もなく治ることが多いらしい。

ただし、素材がレッドバードということもあり、薬は滅多に出回らない。だから、多くの死者が毎年出る病気なんだ。

「分かったよ、レッドバードを狩りにいこう」

「ありがとうですぞ」

現在の僕の領地であるサイドスは、陸の孤島と言われている。

領地のど真ん中に大きな湖があって、深い森と峻険な山々に囲まれているが、南の一部は海に面していて、切り立った崖になっていた。

過去形なのは、創造魔法でその崖を、船が寄港できる港にしたからだ。

このサイドスも、狩るモンスターには困らない場所なので、港を使ってモンスターの素材で交易をしている。

国内に出荷することもあるけれど、交易の相手は主に大国レンバルト帝国だ。

レンバルト帝国は、東の森を越えた先にあるから近いんだけど、その森が深くて普通は越えられない。

もちろん、僕の家臣たちにはモンスター除けがあるので、森に入っても無事にレンバルト帝国へいくことができる。

帝国からは同時に食料を輸入している。大量の食糧を輸入するのに森を通るのは大変なので、船を使っているのだ。


でも、今年は食料を輸入に頼らずに済みそうだ。開墾は大変だったけど、今年の収穫は小麦だけで200万トンが期待されている。

他に大豆、トウモロコシ、そしてレンバルト帝国から種籾《たねもみ》を輸入した米も作付けしているので、食料は余る見込みになっている。


「いましたぞ、レッドバードですぞ！」

光沢《こうたく》のある真っ赤な羽根が陽光を反射している、とても綺麗な鳥型のモンスターがいた。

翼を羽ばたかせながら大空を飛ぶその姿は、とても優雅で美しい。


「殿、この薬をレッドバードに投げつけてくださいですぞ」

「これは？」

「氷の息吹《いぶき》という薬ですぞ。瓶が割れて中の液体が空気に触れると、急激に凍っていくのですぞ」

「すごい薬だ……」

僕は身体強化して、上空にいるレッドバードめがけて瓶を投げつけた。

瓶は真っすぐ飛んでいき、レッドバードの右の翼のつけ根あたりに当たり、割れて中の液体がレッドバードに付着する。

　翼のつけ根が凍ってしまったレッドバードは、飛ぶことができずに地上に落ちてきたので、僕たちはとどめをさした。

　僕たちはレッドバード以外にも色々なモンスターを狩り、屋敷に戻った。

「ザック様、国から使者がきました」

　スーラが使者の取次ぎをする。

「また、ロジスタ領の件かな?」

「おそらくは」

　部屋の中にいたアンジェリーナたちと視線を合わせて苦笑いした。

「我らが彼の地に戻ることはないと言っているのに、国にも困ったものですな」

　カルモンが言うように、国はロジスタ領を再び僕に任せたいと、何度も使者を送ってきているんだ。もちろん、断っている。

「我々がロジスタを離れてから半年ほどで、モンスターが大挙して攻め寄せてきましたからね。国は最低でも1万の兵をロジスタに展開し続けています。国庫に、とても大きな負担になっているのでしょう」

　ゼルダが言うように、ロジスタ領は魔の大地からやってくるモンスターの脅威に曝《さら》されている。だから、僕に再びロジスタを任せたいと言ってきているのだ。勝手だよね。

「あの土地のモンスターを抑え込んでいたのは、

殿の身体強化魔法によって強化された兵士たちでしたから。大物は殿やカルモン殿が倒していただけで、決して安全な土地ではなかった。それを安全になったと見誤ったのは国の落ち度です」

ケリーは、僕たちがモンスターを狩っていたことで、あの土地の安全を担保できていたんだと主張する。

今考えれば、それは正しいことだというのが分かる。

「僕は、この土地を離れるつもりはない。皆、それでいいね?」

僕が確認すると、皆が頷く。

これは、国と戦いになったとしても、僕たちは退《ひ》かないという意思の確認でもある。

このサイドス領だって必死に開発したんだ。今さら取り上げるのは、いくらなんでも傲慢だ。

部屋を移して、使者と面会する。

「お久しぶりです。アムリッツァ子爵」

「サイドス伯爵もご健勝のようで、お慶《よろこ》び申し上げます」

そう、今の僕はロジスタ姓からサイドス姓に変えている。

領地持ちの貴族は、治める土地の名を家名にするのが慣例なので、そうしている。

僕はアムリッツァ子爵に王都の出来事などを聞き、世間話をする。

「すると、国王陛下の病は重篤なのですか?」

国王は8日ほど前に倒れていて、容体があまりよくないそうだ。

「ロジスタ領のこともあって、かなり気弱になっておいでだと聞いております」
「今日も、ロジスタ領のことでおいでになったのでしょうか？」
「はい。サイドス伯爵には、再びロジスタに移っていただきたいと……。私も、このような厚顔無恥な頼み事をしなければならないことを、恥じ入るばかりです」

アムリッツァ子爵も、こんな頼み事をするのは不本意と思っているようだ。しかし、それがアムリッツァ子爵の仕事のため、嫌々その役目を引き受けているようだ。

「何度も申し上げていますが、当家は、このサイドスを手放す気はありません。未開の地をここまで開発した途端《とたん》に取り上げるというのは、あまりにも無体な行い。ロジスタの時もそうでしたが、あの時は私にも非がありましたので移封を受け入れました。しかし、今回は私にどのような非があって、そのような話をされるのでしょうか？」
「ですから、私も恥を忍んで頼んでいる次第です……」

アムリッツァ子爵は、宮仕えはつらいよという顔をしている。でも、僕は退く気はない。

「では、せめてロジスタのモンスターを狩るための軍を出していただけないでしょうか」

領地替えが難航することは分かっていたから、代替《だいが》え案を持ってきたんだと思う。

「アムリッツァ子爵は勘違いをされているようですね」
「勘違い？」
「東西南北の全てをモンスターの生息地に囲まれているこのサイドスは、ロジスタ以上にモンスターの脅威に曝されている土地です。他の土地を守るために軍を動かしたりしたら、この土地の防衛が疎《おろそ》かになってしまいます。そのことは、分かっていただけると思いますが？」

「………」

そう、このサイドスは、ロジスタ以上にモンスターの脅威に曝されている土地なのだ。

国がその土地に僕を移封したのに、ここでまた国の都合で振り回されるなんて、まっぴらだ。

「どうあっても、軍を出していただけないのですか？」

「このサイドスに入って2年、今はまだ他の土地に回せる戦力はありません」

現在の僕が抱える兵士数は約3000人。

獣人たちは身体能力が高いので兵士として優秀だけど、兵士は常にモンスターを狩っているので、他所《よそ》に回す戦力がないのは本当だ。

「正直な話、このままいくとサイドス伯爵の立場が悪くなります。その前に軍を出していただきたいのですが」

「今の僕の立場は、これ以上悪くなるとは思えませんが？」

無断でアスタレス公国と戦ったことの罰として、未開の地だったサイドスに移封された。そんな僕の立場がいいはずがないと思うのは、僕だけじゃないはずだ。

「国の要請を断り続けているサイドス伯爵は、謀反を企てているという声もあって、討伐するべきだという声もあるのです」

「それは本末転倒でしょう。そんなことをする余裕があるのであれば、ロジスタをなんとかするべきです」

「私もそう思いますが、上層部ではそういった話も出ているのです」

「おかしなことを言われる。この土地に移る時に、5年間は軍役を課さないという条件だったはず。それを反故《ほご》にする要請をしておいて、謀反とは片腹痛いですね」


新任領主および移封された領主は、軍役を5年間免除されるという慣例がある。

僕の時もそういう条件で移封されたので、国の言っていることは、明らかに言いがかりでしかない。

それで討伐すると言うのであれば、僕もただ殺されるのを待つつもりはない。

025―中堅貴族、宣戦布告する

貴族の仕事には、書類仕事もある。

どんなに家臣が優秀でも、領主の書類仕事はなくならない。

最近、自分は書類仕事が嫌いなのだということが、嫌というほど分かった。

「ふー、終わった！」

書類に目を通してサインをする。書類の内容を全部理解しなければいけないし、場合によっては指示を与える必要もある。

モンスターと戦うよりも、書類と戦うほうが難しいよ。

「ザック様、こちらもお願いします」

どさりと僕の前に書類の山を置くのはスーラだ。今、終わったと思ったのに、スーラ性格悪すぎ！

僕は抗議の視線を送ったが、スーラは無視を決め込んでいる。

そんな日々が過ぎていく。

『ザック、国王が死んだぞ』

分体を各地に送って情報収集しているスーラから報告を受けた僕は、部屋の窓の外に目を向けて、澄んだ青空を眺めた。

『そう……。次の国王は誰なの？』

『王太子と第四王子、そして第五王女が王位を巡って争っている』

『アイゼン国でも王位争いか……』

アスタレス公国も泥沼の内戦状態になっていると聞くし、このアイゼン国も内戦状態になるのかな？

『勢力的にはどんな感じなの？』

『最大勢力は第四王子だ。母親が大貴族のサムラット侯爵の妹だからな。官僚の3割と国軍の5割、そして領地持ち貴族の5割くらいが支持しているぞ』

サムラット侯爵は、アイゼン国最大の勢力を誇る貴族だから、これは予想できた。

王都があるケルン半島の先端に領地を持っているサムラット侯爵は、貿易で巨万の富を蓄えていると聞いている。

『次は王太子で、官僚の3割、国軍の3割、そして領地持ち貴族の3割が支持している』

『そうすると最も劣勢なのは第五王女か』

『第五王女だな。第五王女は官僚の4割、国軍の2割、領地持ち貴族2割の支持だ。ただし、国民の支持は圧倒的に第五王女だ。今は遠縁のボッス伯爵を頼ってボッス領に下向《げこう》しているぞ』

『ボッス伯爵は第五王女派なの？』

『遠縁ってだけだ。第五王女は国王になりたいと思っているわけじゃない。簡単に言うと、御輿《みこし》を担がされただけだな』

『簡単に次の国王は決まらないか……』

『それと、第四王子派の官僚たちが、ザックを反逆者にしようとしているぞ』

国王が崩御して王位継承争いが起こっているのに、僕を反逆者にして、さらに国内を混乱させようとしている。困ったものだ。

『アムリッツァ子爵がそんなことを言っていたね』

『第四王子派には、アムリス侯爵とケンドレー男爵も顔を連ねているからな』

『あの2人が……』

僕との婚約を破棄したケリス・アムリスの父であるアムリス侯爵、そして黒い瞳が縁起悪いと言って僕を虐げたクソオヤジが第四王子派か。

僕は絶対に第四王子派には入れないいし、入る気もない。

『ロジスタのほうはどうなの?』

『相変わらずだな。あそこはケントレス侯爵とキャムスカ伯爵の領地が接しているから、国軍1万と周辺貴族軍1万が協力してモンスターを討伐しているが、一進一退だ』

『北東部の貴族は王位継承争いどころではないって感じか……』

『ザックはどう動くつもりだ?』

『しばらくは静観かな。今、僕が動く理由はないからね』

『なるほど、はっきりと反逆者だと言われるか、王位継承争いをしている3人の誰かから声がかかるまでは、動かないということか』

『うん』

ロジスタでは多くの兵士がモンスターと戦っている。

僕が援軍として向かえば、多少は状況が改善すると思うけど、そういうわけにはいかない。

サイドス家にメリットがないのに、家臣たちを危険に曝すわけにはいかないし、僕からロジスタの地を取り上げた国を助けるために、サイドス軍を動かすなんて気にはなれない。

僕には軍役免除権があるのだから、サイドス軍を動かすにはそれなりの理由がないといけない。国はその理由を僕に提示することさえできないでいる。

親に虐げられ、婚約者にバカにされた過去は、僕を強くしてくれたと思う。

それに、僕に力をくれたスーラもいるし、カルモンたちもいる。

国が僕を動かしたければ、それなりのものを用意してもらう必要がある。それに、国が相手でも退けないことがあるんだということを、権力者たちは理解するべきだ。

僕は皆を集めて、国王が崩御したことを伝えた。

僕が静観すると言うと皆も同意したけど、いつでも動けるように準備だけはしておくべきだという提案がゼルダからあったので、そうすることにした。

それから数日は何事もなく過ぎて、僕は交易で使用する船を創造魔法で造っている。

交易が順調で船が足りないという嬉しい悲鳴があり、財政を預かるアンジェリーナの要請で、こうして船を造っているのだ。

「殿、王都で火炎症が流行っているそうです」

アンジェリーナが造船所にきて、そう言った。

火炎症は高熱に冒される病気だ。

「王都は人口が多く密集しているので、最初の発症者が出てから一気に広がったようです」

「そう言えば、オスカーが特効薬を作っていたと思うけど？」

「このサイドスでも流行るといけませんので、確保してあります」

そうか、ここでも流行るかもしれないんだ。

「王都へ回す分はないの？」

「残念ながら、素材となるレッドバードが珍しいモンスターなので、サイドスの住人の半数分しかありません。もしもの時のために……」

僕はサイドスの領主であり、領主は領民を守ることを第一に考えるべきだと思う。

王都の住人は、王家や国がなんとかするのを待つしかないのか。いや、それなら……。

「それじゃ、レッドバードを狩りにいこう」

「今、ケリーさんとリサさんが部隊を率いて東の森に向かい、ジャスカさん、レオンさん、パロマさんの部隊が北の森に向かってレッドバードを捜していますので、殿はこのまま船の建造をお願いします」

すでに皆が動いているんだ。よかった。

難民だった獣人たちの中から、戦闘が得意な種族である獅子《しし》、トラ、クマ、オオカミなどの獣人が僕の下で兵士をしてくれている。

レオンは獅子の獣人で、獣人たちの総代表的な人物だったけど、今は武官として僕に仕えてくれている。

レオンは非常に強靭《きょうじん》な体の持ち主で、カルモンには敵《かな》わないものの、ジャスカとはいい勝負になるくらいの高い戦闘力を持っている。

それと、パロマは最初に僕に接触してきたルマンジャ族の少女だ。彼女たちルマンジャ族は空が飛べるので、航空戦力として軍に所属してくれている。

「分かった。僕は船を造っておくよ」

「はい、お願いします」

アンジェリーナの後ろ姿を見送ってから、船を創造するために、創造魔法を発動させた。

スーラが言うには、木の船じゃなくて金属の船でも海に浮かぶらしい。

そんな金属の船を造っているんだけど、その船には今までの船にはない、外輪という水車のようなものがついている。

この外輪が回転して、その推進力で船が進むというのだ。スーラが書いた設計図を見た時は、本当に風がなくても動くのかと疑心暗鬼だった。

『スーラ、火炎症のこと、なんとかならないかな？』

『ザック次第だな』

『え、僕次第？』

『ザック……。まだ気づかないか？』

『えーっと、どういうこと？』

『ザックには創造魔法がある。創造魔法はザックのイメージ次第で、どんなものだって作れるんだぞ』

『あ……。そうだった』

『まあ、がんばれや』

『他人事《ひとごと》だよねぇー』

『王都の奴らがどうなろうと、俺には関係ないからな』

そんな憎まれ口を叩きながらも、創造魔法で薬が作れることを教えてくれるんだから、まったくスーラもひねくれ者だよね。

僕は金属製の外輪船を造ってから、薬の創造に取り組んだ。

何回やっても、初めて創造するものをイメージするのは難しい。

でも、王都の人々が苦しんでいるんだ、なんとか創造しなければ！

「………」

2日ほどをかけて、なんとか火炎症の薬が1本できた。

オスカーにこの薬を見てもらおうと思っていたら、紋章官のセシリーが部屋に駆け込んできた。

「セシリー、そんなに急いでどうしたんだ?」

「た、大変です! 殿が謀反人として伯爵位を剥奪されました!」

セシリーは息を切らしながら、そう言った。

「………」

僕の伯爵位剥奪はすでに予想されていたことなので、驚きはしない。

いよいよそうなったかというのが、正直な感想かな。

「そうか、それで使者がきたの?」

「はい、先ほど使者が港に入りました」

「それじゃ、使者と面会しないといけないね。セシリー、この薬をオスカーのところに持っていってくれるかな。火炎症の薬なんだけど、効果があるかオスカーに確かめてもらって」

「え、あ、はい!」

僕は礼服に着替えて使者と面会した。

「勅令である!」

王が崩御したのに勅令か。今の国の中枢はかなり腐っているんだろうな。

僕は床に膝をついて、勅令の内容を聞いた。

「ザック・サイドスの爵位を剥奪する。よって、領地を返上し退去せよ」

とうとうこの言葉を聞くことになったかと、少し感慨深い。

しかし、これは僕として納得できることではない。

「使者殿、爵位剝奪の理由をお聞かせください」

「そのようなことは話す必要もない。これは決定事項であり、貴殿は速やかにサイドスより退去すればよいのだ」

僕はその言葉を聞いて、すくっと立ち上がった。

「使者殿の話は分かった。これより僕は、アイゼン国の臣ではない」

「貴様、何を……?」

「王都に帰って今回のことを決めた者に言うがいい。このザック・サイドスはアイゼン国に宣戦布告する！」

「なっ⁉」

「1カ月後、進軍を開始する。皆の者、戦の支度だ！」

026―独立勢力、茨の道を進む

使者を追い返して、アイゼン国に宣戦布告した僕は、軍艦を創造することにした。

　これで軍を海上輸送できる。


『ザック、第四王子派の官僚たちは、まさか宣戦布告されると思っていなかったようで、結構な騒ぎになっているぞ』

『僕も、宣戦布告まではしないでおこうと思っていたけど、理由も説明せずに爵位を剝奪されたとあっては、ただで済ますわけにはいかないからね』

『火炎症の特効薬についても、サイドスで用意していたが、爵位を剝奪されたため王都に輸送できなくなったと噂を広めてやったから、民が大騒ぎしているぞ』

『火炎症は王都から広がっているって聞くけど、どうなの？』

『今のところ、王都で死者が1000人くらい出ていて、徐々に周辺地域へ広がっている』

『1000人もっ!?』

『それと、国王も火炎症だったようだ』

『国王が……？　薬を使わなかったのかな？　国なら、国王が使う分の薬くらい持っていたはずだよね？』

『それに関しては、反目し合っている第四王子派と王太子派が、同じ目的で薬を使わせなかったようだ』

『同じ目的……それって、国王に死んでもらうことで、次の国王を自分たちが支持する第四王子か王太子にしようとしているってことかな？』

『その通りだ。この国の官僚は腐っているな。ははは、楽しくなってきたぞ』

『国王も踏んだり蹴ったりだけど、自分の息子やその一派に殺されたのだから、子育てを失敗した国王の自業自得でもあるね。でも、民が苦しんでいる火炎症の薬を、政治の駆け引きに使いたくはなかったな……』

『タイミングが悪かったとしか言いようがないな。アホな官僚がいると、こういうことになるんだよ。ザックが建国したら、腐った官僚が出ないような組織を作れよ。苦しむのはいつも民なんだからな』

『……僕が建国か』

『なんだ、建国しないのか？』

『いや、建国できるんだろうか？　腐っていてもアイゼン国は僕たちよりとても大きい。勝てるかな……？』

『俺がいるんだ、勝てるに決まっているだろ』

『スーラはすごい自信家だね。それが頼もしいよ』

『ふっ、俺のは自信じゃなくて、事実だ』

スーラが言うと、本当だと思えるからすごい。

そこにセシリーがやってきた。

「殿、ボッス伯爵家から使者がいらしてます」

「ボッス伯爵の使者？」

今のボッス伯爵は、第五王女を保護するという名目で、彼女を擁立して王位継承争いに関わっていたはずだ。そのボッス伯爵からの使者か……。

僕は、使者が待つ応接間に向かった。応接間に入ると、カルモンともう一人、見知った顔があった。

「お久しぶりです、サイドス伯爵」

「お久しぶりです、ログザ騎士爵。それと僕はもう伯爵ではないので、ただのサイドスと呼んでください」

ボッス伯爵の使者は、アスタレス公国軍へ夜襲をしかけた時に一緒に戦った、キグナス・ログザ騎士爵だった。

「この度の件、ボッス伯爵は国のやりように憤りを感じております。ですから、サイドス様の怒りを理解し、協力したいとボッス伯爵は仰っておいでです」

「つまり、第五王女を次の国王にという意味ですか？」

僕はずばり聞いてみた。

「いえ、ボッス伯爵は、第五王女ユリア様の伴侶になられる方が、国王になるべきだと仰っています」

「第五王女の伴侶？」

『なるほど、そういうことか』

『どういうこと？』

『分からないのか？』

『分からないから聞いているんだけど』

『まったく、ザックは頭がいいのか悪いのか……』

『そういうのはいいから、教えてよ』

『第五王女の伴侶の話をするってことは、ザックに第五王女の伴侶になってくれと言っているんだ』

『はい？』

『ボッス伯爵は、ザックを国王に祭り上げようとしているってことだよ』

『………』

僕はスーラの話を聞いて、百面相をしていたと思う。

ログザ騎士爵が僕の顔色を窺《うかが》っていたけど、そんなことは気にしていられなかった。

「殿、どうしましたかな？」

カルモンの声で我に返ったけど、どうにも考えが整理できない。

「いや、なんでもない」

「そうですか……。ところで、ログザ騎士爵。第五王女の伴侶になられる方の名を、聞かせてもらえますかな?」

カルモンが核心に切り込んで、僕の心臓の鼓動が速くなる。

「はい。実は……」

「実は……?」

「ボッス伯爵は、サイドス様をとお考えです」

「と、殿を第五王女の伴侶にですと!?」

カルモンが驚いて大声をあげた。

僕はスーラのおかげで、あるていど心の準備はできていたはずなのに、不覚にも口をポカーンと開けてしまった。

「こほん。ログザ騎士爵様、それはザック様に国王になってくれと、ボッス伯爵が仰っているということですね」

僕とカルモンが呆《ほう》けているのを見て、スーラが聞いた。

「左様、ザック・サイドス様に第五王女ユリア様の婿になっていただき、国王になっていただきたいと仰せです」

僕は息を大きく吸って、吐いた。

まったく、ボッス伯爵も恐ろしいことを考える。

まさか、僕を国王に担ぎ上げようとは……。

「そのためにも、王太子と第四王子との王位継承争いに勝たなければなりません」

「ふむ、殿が王になるためには、お2人が邪魔なのは言うまでもないか」


僕にとっては降って湧いたような話であり、第五王女の婿になって王になるのであれば、大義名分が立つ。

しかし……会ったこともない人と結婚か。しかも、第五王女ときたものだ。

僕はケリス・アムリスに婚約破棄されている。

今の僕があるのはケリス嬢のおかげとも言えるので、特に恨んではいないけれど、婚約とか結婚という話には少し抵抗がある。


「むむ……。殿、どうされますか?」

『イエスかノー。単純な回答だ』

『僕は、会ったこともない人と婚約や結婚なんて考えられない』

『だったら、会って答えを出せばいい』

『会って……』

『それとな、第五王女の旦那になるということは、アイゼン国の王になるということだ』

『……』

『それではお前の国ではなく、アイゼン国のままだぜ』

『僕の国ではなく……』

「ザック様、ここは重臣たちとご相談されてはいかがですか?」

考え込んでいたら、スーラが助け船を出してくれた。

そうだね、ちょっと時間をおいて考えたい。

「ログザ騎士爵、家臣と相談をしますので、別室でお待ちください」

「分かりました。よいお返事を期待しています」

僕の執務室に場所を移す。

モンスター狩りに出ている重臣たちを除く、スーラ、カルモン、ゼルダ、クリット、アンジェリーナ、ジェームズ、セシリーといった主だった者を集めて、ログザ騎士爵から聞いた話を伝えた。

「某は反対です」

ゼルダがすぐに反対してきた。

「理由は?」

「ユリア王女の婿になると。アイゼン国のままになってしまいます。我らはアイゼン国ではなく、ザック様の国を望んでいるのです。ですから、アイゼン国王家の血筋に拘《こだわ》るような婚姻は避けるべきです」

ゼルダの言葉に皆が頷く。

これは事前にスーラが言っていたことと同じなので、スーラも頷いている。

「仮にユリア王女の婿にならない場合、アイゼン国全体を敵に回すことになる可能性がある。それでも皆は反対かな?」

「お待ちください」

「アンジェリーナ殿は、殿がユリア王女の婿になるべきだと思われるのか?」

「いえ、そうではありません、ゼルダ殿。私はユリア王女を利用することを提案します」

「利用……?」

「もし、殿がユリア王女の婿になるのではなく、ユリア王女を娶《めと》って利用すれば、少なくとも民の支持は得られるでしょう」

たしかに、ユリア王女は民に絶大な人気がある。

なんと言っても、ユリア王女は聖女と言われているほど、民のために献身的に働いている。

王族には珍しい、親しみやすい優しい性格の人だという噂は僕の耳にも入っているけれど、会ったことがないから本当かどうかは分からない。こういう噂は話半分で聞くべきだと思うし。

「その場合は、ユリア王女にアイゼンの名を捨ててもらわねばなりません。アイゼンの名を捨てることに了承いただけるのであれば、ユリア王女を娶ることは、悪い話ではないと思うのです」

「なるほど、アイゼンの名を捨てさせるか。そういうことであれば、娶っても構わぬな」

アンジェリーナの言葉にゼルダも同意する。

「ならば、ユリア王女がアイゼンの名を捨てれば娶る。捨てなければ共闘はなしということで、よろしいですな?」

重臣たちは、あくまでも僕の国を興すことに拘った。

もちろん、僕も他人が興した国を受け継ぐよりも、自分で国を興したい。

だけど、そのためにユリア王女を利用するのも、どうなのかなとは思う。

これでは、ユリア王女を、政治の道具としてしか見ていないと言っているようなものだ。それでは、あまりにもユリア王女が不憫《ふびん》だと思う。

「殿、よろしいですな?」

重臣たちが、僕に視線を集中させた。

僕は……どうすればいいのだろうか……?

『好きにすればいい。俺がいるんだ、王国の貴族たちを皆殺しにしてでも、ザックを王にしてやるぞ』

『ありがとう……。よし、決めたよ。僕は……』

「僕は、ユリア王女を利用しない」

　皆が沈黙する。

「殿、それは茨の道ですぞ」

　今まで黙って皆の意見を聞いていたカルモンが、厳しい視線を向けてくる。だけど、なんだか嬉しそうだ。

「構わない。僕は自分の国を興すために、誰かの評判を利用したりはしない。それだと、本当の意味での僕の国とは言えないから」

「承知！　皆も、それでいいな!?」

　カルモンが僕の意を汲《く》んで締めくくり、皆も頷いて次の話に移った。

「殿、現状、第四王子派は潰すことが確定です。アムリス侯爵とケンドレー男爵には、地獄を見せてやりましょうぞ」

　にやりと笑ったゼルダの提案に皆が頷く。

　ケンドレーは僕の生家だけど、重臣たちは敵としか認識していないのが分かる。それは僕も同じだから構わない。

「王太子派とユリア王女派については、こちらに降伏してきた者には、できるだけ寛大な処置をするということで構いませんか？」

「分かった。それでいい」

　再び、ログザ騎士爵と会談の席を設けた。

「お気持ちは決まりましたでしょうか？」

「はい」

「それでは、ユリア様と」

ログザ騎士爵は、僕がユリア王女の婿になるものだと信じて疑っていないようだ。

「僕は、アイゼン国の王になりたいわけではないのです」

「……それは……どういうことでしょうか？」

ログザ騎士爵の顔があからさまに曇った。

「ユリア王女と王女を支持される方々は、僕に帰順していただきたい」

「………」

「僕はアイゼン国の王ではなく、僕の国の王になるつもりです。いえ、なります。ですから、ユリア王女とボッス伯爵、それにユリア王女を支持される方々には、僕の軍門に降《くだ》っていただきたいのです」

「そ。その……お気持ちはとても高尚なものだと思います。されど……いえ、なんでもございません」

ログザ騎士爵は、僕の書状を持ってボッス領へと帰っていった。

これからどうなることか……。僕のやっていることは、皆を地獄へ誘うことになるのかもしれない……。

027―独立勢力、恐怖を与える

「カルモン、進軍だ」
「しんぐ―――ん!」

僕は兵を率いてアイゼン国の王都クルグスを目指す。

スーラの情報では、第四王子派は王都クルグスの隣のケールス領に陣取っている。対して王太子は王都クルグスに陣取って、両陣営は睨み合っている。

そして第五王女派は、ボッス領で第四王子派と王太子派の動向を見守っている。

そこに僕の勢力が加わって、四つの勢力が覇権を争う。

戦力的には第四王子派が抜きん出ていて、次いで王太子派、そして第五王女派、かなり離されて僕の勢力がある。

他の勢力からしたら、僕のような小さな勢力が加わっても誤差範囲ていどなんだろうけど、僕はその認識を覆す。

サイドス領から王都を目指すには、いくつかの領を通ることになる。

王都を目指すために最初に通るのは天領パラスだ。

天領というのは王家直轄の領地という意味で、パラスには代官が置かれている。

代官は領軍の将軍でもあるので、僕の軍を迎え撃とうと5000もの軍を率いてきた。

「ここは僕が1人で対処する」

「殿なら大丈夫だと思いますが……」

ゼルダは、僕が1人で敵の前に出るのが嫌そうだ。

僕にもしものことがあったら、サイドス軍は担ぐ神輿《みこし》を失うことになるので当然だと思う。

だけど、僕は大人しく神輿でいるつもりはない。

僕は僕自身が戦って国を得ると決めたのだから。

「大丈夫。僕を信じて待っていてほしい」

「承知しました。ゼルダもいいな」

「カルモン殿がそう仰るのであれば」

僕は頷き、アルタを前に進める。

5000人もの敵軍の前に1人で出ていくなんて、普通は考えられないだろうな。

だけど、僕には身体強化魔法がある。重力魔法がある。創造魔法があるんだ。

敵軍から100メートルほどのところまで近づく。

「我が行く手を阻む軍に告ぐ！　ただちに武器を捨てて降伏しろ！」

大声で敵軍に向かって投降を呼びかけた。

敵軍の反応は僕の予想通り、笑い声があがる始末だ。

そんな敵軍から、1人の男性が馬に乗って進み出てきた。

身に着けている鎧から、それなりの身分の人物だと思う。

「謀反人ザックとその郎党どもに告ぐ、ただちに武器を捨てて投降せよ！　今なら謀反人ザックの首だけで済ませてやる！」

敵軍から、再びバカにしたような笑い声が聞こえてくる。

「僕がザック・サイドスだ！　貴殿の名は⁉」

「我はパラスの代官であるソーマ・エンデリンである！　謀反人ザック、ただちに投降せよ！」

まさか、代官自身が出てくるとは思っていなかった。

僕はゆっくりとアルタを進める。

「止まれ！　命令である！」

代官まで30メートルを切った辺りで代官が叫んだ。

だけど、僕は止まらない。僕が代官の命令に従う理由はないのだから。

「えーいっ、あの謀反人を殺せ！　撃て、撃て、撃てぇっ！」

その声で、僕に向かって矢が飛んできた。

だけど、僕は重力魔法を発動させて、すべての矢を地面に落とす。

「なっ⁉　魔法だ、魔法を撃て！」

代官はかなり焦っている。

僕と代官の距離が20メートルを切った辺りで、代官は兵士たちの後ろに逃げるように隠れてしまった。

魔法が飛んできても、僕はグラムを抜いて魔法を切り飛ばすので、ダメージはない。

そのまま進み、領軍兵士の鼻の先にまで近づいた。

「もう一度だけ言う、武器を捨てて降伏しろ！」

ゆっくりと、すべての領軍兵士たちに聞こえるような声量で最後通告をする。

僕を目の前にして、兵士たちは後ずさっていく。

後方からは、僕を殺せとか喚《わめ》いている代官の声がする。

「そうか、武器を捨てないか……」

僕は重力魔法を5倍で発動した。

敵軍の兵士たちは呻《うめ》き声をあげて、その場で地面に倒れ込む。

兵士たちには何が起きているのか分からないと思うし、わけの分からないことを起こしている張本人であろう僕に対して、恐怖心を募らせていることだろう。

「僕は二度、警告をした。だが、お前たちはそれを拒否した。どうやら皆殺しにしてほしいようだ」

ゆっくりと、そしてじっくりと、兵士たちの耳に染み渡るようにそう言って、恐怖心を煽《あお》ってやる。

兵士たちの恐怖心をここまで煽っている理由は簡単だ。僕には、ここで兵士たちを殺す気などない。代官は別として、兵士たちには、絶対に勝てないという恐怖心を与えることで、二度と戦場で僕の前に立とうとは思わないようにしてやろうと思っているのだ。

この戦いにもならない戦いの後、解放された兵士たちの口から、僕のことが他の人たちに伝わるだろう。

サイドスは恐ろしいという評判が広まっていけ

ばいくほど、僕やカルモン、そしてスーラがいなくても、サイドスの旗を見ただけで逃げ出す兵士が増えていくと思う。

「だが、僕はとても優しい男だ。お前たちに生きるチャンスを与えてやろう」

僕は、兵士たちに与えていた5倍の重力を解除する。

「道を空けろ」

僕はグラムで代官を指す。すると、兵士たちが我先にと左右に分かれていき、代官までの道が作られる。

反応が遅かった兵士は他の兵士に踏まれるが、そこまで僕は責任を負えない。

できた道を悠然と通って、代官の目の前まで進んだ。

「言い残すことはあるか？」

「ひぃぃぃっ」

代官は腰を抜かしてしまい、逃げたくても逃げられないようだ。

そのうちに、股間がジワジワと濡れていき、地面に水溜まりを作る。

「情けない。先ほどの威勢はどうした？」

「た、たしゅけてくだしゃい」

僕は振り返って国軍の兵たちを見渡した。

「代官の次の役職者は立て」

僕のその言葉で、老齢の騎士っぽい人物がゆっくりと立ち上がった。

「私だ」

しわがれた声だが、はっきりと聞こえた。

「名を名乗れ」

「バルク・レスター騎士爵」

僕は頷き、白髪頭《しらがあたま》のレスター騎士爵から代官に目を向けた。

「レスター騎士爵、この代官は有能か？　それとも無能か？」

代官がレスター騎士爵をすがるように見る。

「……見ての通りです」

見ての通りと言われたら、僕は無能と判断するしかない。

たとえ臆病でも、部下に慕われているのであれば、そのようには言われないだろう。

「そうか」

僕はグラムを軽く振って代官を鎧ごと縦に真っ二つにした。

その光景を見た兵士たちから悲鳴があがる。

「今回はこれで勘弁してやる。レスター騎士爵は兵を纏めて町へ帰れ。ただし、次に戦場で遭ったら容赦はしない」

「……よろしいので？」

「お前たちを皆殺しにするのは簡単だが、僕は鬼や悪魔ではない。今回だけは許してやる」

僕はアルタを歩かせ、できる限り悠然とした態度で、きた道を帰る。

誰も僕に攻撃してこない。攻撃したらどうなるか、本能的に分かっているはずだ。

「殿！」

カルモン、ゼルダ、そしてスーラが駆け寄ってくる。

「皆、軍を進めてくれ」

「あの者たちは、いかがされますか？」

ゼルダが未《いま》だに動く気配を見せない領軍に、視線を向けながら言った。

「放置していい。もし、追いかけてくるようなら、その時は皆殺しにする」

「それだけの恐怖を与えたわけですな」

カルモンが楽しそうに聞いてきたので、僕は頷く。

「あれだけの数の兵士が生きて帰って、僕の恐ろしさを他の人たちに伝えてくれる」

「なるほど、もし逆らえば皆殺しにされるし、逆らわなければ生きていられる、というわけですな」

ゼルダも分かってくれたようだ。

「それでしたら、あと何度か同じように恐怖の種を蒔《ま》かなければいけませんね」

真面目秘書官モードのスーラが不敵な笑みを浮かべる。

僕と同じこと……いや、それ以上のことをしようとしているんだろうな。まあ、あと何回かは同じことをしないといけないとは、僕も思っていたからいいけど。

「それでしたら、できるだけゆっくりと進軍して、恐怖の種を蒔きましょう」

ゼルダもスーラの意見に乗っかった。

「なれば、次は某が」

カルモンが、次の恐怖の種蒔きを志願してきたので、僕はそれを了承する。

それからの僕たちは、立ち塞がる軍の指揮官だけを殺して、兵士たちには恐怖を味わわせながら、ゆっくりと進軍した。

ある時はカルモンが、ある時はスーラが、兵士たちの心に恐怖を植えつけていった。

そして、僕たちは王都クルグスの東隣の、天領アスタミュールに到着した。

代官たちは我先にと逃げ出していて、領都アスタスは無血開城したので、僕たちはそのまま代官所を接収した。

「殿、ボッス伯爵の使者がお越しです」

カルモンとゼルダの3人で、代官所の会議室で今後のことを話し合っていたら、スーラから取り次ぎがあった。

ボッス伯爵は、いったいどんなことを言ってくるのだろうか？

「応接室に通しておいて」

「分かりました」

スーラが下がると、僕はカルモンとゼルダの顔を見た。

「要件はなんだと思う？」

「殿が突きつけた条件を呑むと言われるのではな

いでしょうか」

「ゼルダの言う通りでしょう」

進軍を開始する前に、ボッス伯爵の使者としてサイドスへやってきたキグナス・ログザ騎士爵に、ユリア第五王女がアイゼンの名を捨てるならば受け入れる（保護する）と言っておいた。

でも、そのまま回答がなかったので、あの話はなくなったものだと思っていたんだけど……。

028―独立勢力、各勢力の動向を見る

「お初にお目にかかります。私はゼンビル・ドルストフと申します」

　ボッス伯爵の使者はゼンビル・ドルストフという、30歳くらいのかなりのイケメンな人物だった。

『こいつ、第五王女の側近の宦官《かんがん》だぜ』

『宦官って、あれがない人のこと？』

『宦官にも色々あって、竿《さお》はあるが玉はない奴もいる。いずれにせよ、玉がないから子種を作れないということで、便利に使われている奴らだな。こいつは、竿も玉もない完全体の宦官だ』

『そ、そっか……』

　竿も玉もない人のことを完全体というのかは分からないけど、そこはあまりツッコまないことにした。

「僕はザック・サイドス。元伯爵っていう自己紹介でいいかな」

「陛下が崩御された後に、第四王子派の官僚たちが勝手に玉璽《ぎょくじ》を使って、偽の勅書を作成したにすぎません。サイドス様は今でも伯爵であると、私は認識しております」

『偽の勅書でも、玉璽が捺《お》されていれば本物になることをこいつは知っているが、あえて偽物と言うわけだ』

『それもおかしいよね。玉璽なんてただの印でしかないのに』

『そういうのを、ありがたがる奴らが多いんだよ』

「それで、ドルストフ殿はどういったご用で、ここに？」

「ユリア様のお言葉をお伝えに参りました」

第五王女の言葉か……。

いったい、どんなこと言ってくるのやら。

「お聞きします」

「ユリア様は、アイゼンの名を捨てるとのことでございます」

「………」

『ほう、ユリアはなかなか先見の明があるようだ』

『………』


第五王女は僕の提案を受け入れると言ってきた。

アイゼンという家名は、この国では特別だ。ケンドレーと違って、捨てても惜しくない家名ではない。

アイゼンの名を捨てるなんて、どれほどの覚悟なのか……。それをユリア王女は決断した。

「ただ、お願いがあります」

「お願い？」

僕はどんな条件が出てくるのかと身構えた。

「ロジスタのモンスターを、サイドス伯爵のお力で駆逐していただきたいのです」

僕が国王になったら、ロジスタだって僕の土地になる。その土地がモンスターで困っているのであれば、モンスター退治をするのは当然のことだ。

この頼みは僕にとってなんの障害にもならない

し、どうせ第四王子や王太子と決着をつけたらロジスタに向かうつもりだった。

「分かりました。ユリア王女を、いえ、ユリア殿を受け入れましょう。ただし、ロジスタのモンスターは、第四王子派ならびに王太子派とのケリがついた後に対応します」

「ありがとうございます。これでケントレス侯爵たちもサイドス伯爵の下につきましょう」

なるほど、この頼みはケントレス侯爵たちロジスタ領に接している領地を持っている貴族たちのものか。

先にモンスターを退治してしまうと、自由になったケントレス侯爵が僕たちの背後を突くことも考えられる。

僕が第四王子派と王太子派を潰すまで、モンスターはケントレス侯爵に抑えておいてもらおう。

僕にも、こんな下種《げす》な考えができるんだな……。

自分で自分が嫌になる。

ドルストフ殿は、僕の回答を持ってボッス領へ帰っていった。

僕もそろそろ本格的に攻勢を強めようと思う。

それに、そろそろジャスカもくると思うし。

ジャスカには水軍を任せている。その水軍はサイドスを出て、今頃はケルン半島の南端にあるサムラット領を攻撃しているはずだ。

ケルン半島のつけ根に王都クルグスがあるので、サムラット領を落とせば、それほど時間をかけずに王都クルグスに到着するだろう。

また、サムラット侯爵のところにも今頃、サイドス水軍の攻撃を受けたと連絡がいっているはずなので、焦っているんじゃないかな？

僕たちが入ったアスタミュール領は、王太子派が立てこもる王都クルグスの北東にあり、第四王子派が陣取っているケールス領の北になる。そして第五王女がいるボッス領からは南に位置している。

簡単にいうと、どの勢力からも攻められる可能性がある場所だ。

3勢力全てから攻められる可能性があるということは、こちらが全ての勢力を攻めることもできるということだ。

ただし、第五王女派は僕についた。そのことで第四王子派と王太子派が焦ってくれるといいんだけどね。

『おい、第四王子派と王太子派が一時休戦して、こっちに向かってくるそうだぞ』

『第五王女派は？』

僕につくと言っても、それは口約束でしかないから警戒は必要だ。

『第五王女派じゃないだろ、今はユリア派だぞ』

『そ、そうだね』

『ユリア派はボッス伯爵がケントレス領方面に軍を動かして、ロジスタ領のモンスターに対処している。俺たちがいくまでケントレス侯爵たちを支援するようだ』

ボッス伯爵には色々と面倒を見てもらった恩がある。できれば戦いたくなかったから助かる。でも……。

『モンスターの脅威は、そんなにあるの？』

『瞬殺できる奴らしかいないぞ。ザックでも数日で掃討できるはずだ』

『スーラの感覚じゃなくて、ボッス伯爵やケントレス侯爵たちの感覚で話してくれないかな』

『なんだ、俺にあんな凡人たちの立場で話せって言うのか？　まったく……ぶつぶつ』

あー、これは面倒くさいやつだ。

『スーラは超絶スーパーな存在だからさ、お願いだよ、下々の者の感覚で教えてよ』

『……分かったよ。仕方がないな』

声が少し嬉しそうなものになった。本当にスーラは……。

『ボッスやケントレス、それに他の有象無象《うぞうむぞう》がモンスターを掃討しようとしても、一生かかっても無理だと思うぞ。大したモンスターじゃないのにな』

『そうか……。だったら早くこっちのケリをつけて、モンスターの掃討に向かおう』

『いくら矮小《わいしょう》な存在だからって、油断するなよ。第四王子派《雑魚1》と王太子派《雑魚2》でも、窮鼠《きゅうそ》猫を嚙むって言うからな』

『きゅうそ?』

『死に物狂いの反撃をされて、大きな被害を出すってことだよ』

『あ、うん。油断はしないよ』

スーラのおかげで、重要な情報が速やかに入ってくる。

とてもありがたい。だけど、スーラの性格が面倒くさい。

「殿、第四王子派4万と王太子派3万の軍が、こちらに向かって動き出しました」

スーラから報告を受けた3日後に、第四王子派と王太子派が動き出したと、ゼルダから報告を受けた。

合わせて7万もの大軍だけど、これが全てではない。

共闘すると決めておきながら、お互いに牽制《けんせい》し合っていて全軍を動かしていないんだ。

「表面上は共闘して僕たちを叩きにきてくれたわけだ」

「たかが数千の軍に対して、共闘までして7万の軍を当ててくるとは、殿の評価は極めて高いようですぞ。がーっはははは！」

「ロジスタの悪魔がよほど恐ろしいようですな。ははははは！」


カルモンとゼルダが楽しそうだ。


「ここで両軍に大打撃を与えるとして、その後の貴族たちの動向が楽しみですな」

「右往左往する奴らの顔が見えるようです」


2人は、僕が勝つことが前提になっている会話をする。

もちろん、僕も勝つつもりで戦うけど、気が早い2人だ。

スーラじゃないけど、足元をすくわれないように気を引き締めないと。


「2人とも、戦う前から勝った気分では、兵士たちが浮つく。2人が気を引き締めてくれないと、困るよ」

「これは失礼しました。殿の仰る通りです」

「このゼルダ、少し浮ついていたようです。反省いたします」


2人が気を引き締めてくれたので、軍のほうは大丈夫だろう。


「ゼルダ、ユリア殿のほうはロジスタに釘《くぎ》づけか？」

「はい、ロジスタでケントレス侯爵たちと共闘しています」

「ふむ、警戒は不要か」

「はい」

ユリア派のことはスーラの分体が監視している。何か動きがあれば、時間差なしで僕のところに情報が上がってくるはずだ。

スーラは本当に役に立ってくれている。


共闘している第四王子派と王太子派がこのアスタミュール領へ到着するのは、2日後。

僕たちは、手ぐすねを引いて待ち構えることにする。


「すでにジャスカたちも上陸しているはずですな」

「ジャスカ殿らであれば問題ないと思いますが、あそこはサムラット侯爵の本拠地ですからな。油断はできませんぞ」


カルモンとゼルダが話しているように、僕は軍を2つに分けている。

僕はカルモン、ゼルダ、レオン、そして兵2000を率いて行軍している。


ジャスカのほうは、ケリー、リサ、パロマ、そして800の兵を率いて、船でサムラット領へ上陸することになっている。


『スーラ、ジャスカのほうは順調かな?』

『予定通りだ。すでにサムラットの海賊衆と一戦交え、多くの船を海の藻屑《もくず》にしている。今は上陸してサムラットの城に向かって進軍しているところだ。向こうも楽しんでいるぞ』

『そうか、予定通りでよかった。しかし、あの外輪船にどれくらいの戦闘力があるのか、僕自身の目で見られないのは少し残念だけど、大きな被害もなく上陸できたようで、まずはひと安心だね』


「ジャスカはともかく、ケリーがついているんだ。滅多なことはないはずだ」

「カルモン殿は、姪であるジャスカ殿に厳しいですな。まあ、いずれはカルモン殿の後を引き継いで剣聖になる人物ですからな、厳しく接するのは仕方がありませんな」

「え？　剣聖？」

僕はゼルダの口から出た「剣聖」という言葉に驚いた。

カルモンが剣聖？　え？


「ん？　まさか殿は、カルモン殿が剣聖だということを、ご存知なかったのですか？」

「……うん」

「カルモン殿……。殿に隠していたのですか？」

「う――――ん……。そういえば、殿には話していなかったよう……な？」

カルモンが、少女のような仕草で首をこてんと傾ける。

その仕草は、大柄なカルモンがしても可愛くないから！　それに……。


「全く聞いていませんけど!?」

「殿も、当代の剣聖の名前くらいは知っていてもよろしかろうに……。だいたい、S級ソルジャーの伯父でカルモンと言えば、目の前におられる剣聖アバラス・カルモン・マナングラード殿以外にいませんぞ」


え、僕のせい？


「殿、話していなかったのは、申しわけござらん。つい、うっかりしておりました」

「いや……。僕も世間知らずだから……。もういいよ。しかし、カルモンが剣聖か……。どうりでS級ソルジャーのジャスカでも子供扱いなわけだ」

「殿はそのジャスカ殿に子供扱いですがな」

「う……」

そう、僕はまだジャスカから一本も取れていない。それどころか、まったく足元にも及ばないのだ。

　僕の剣の腕だって多少は成長していると思うんだけど、それでもA級ソルジャーになんとか届くくらいの実力でしかない。剣の腕では、とてもS級ソルジャーのジャスカには勝てないんだよ。

相棒はスライム!? ～最強の相棒を得た僕が最強の魔法を使って成り上がる～

029―独立勢力、剣聖対剣王を見守る

カルモンが剣聖だったことを知らなかった僕は、スーラにも笑われる始末だった。

しかも、爆笑されてしまった。何がそんなにおかしいのか。

「この鬱憤は敵に叩きつける！」

目の前に布陣する第四王子派と王太子派の軍を睨みつける。

「殿、何があったのかは知りませんが、目が据わっておりますぞ」

原因であるカルモンだ。

今日も剣聖の証である聖剣を腰に佩いているが、僕はその聖剣を持つ人物が剣聖だということを知らなかった。

「カルモン。今日は敵を蹂躙《じゅうりん》するよ。一人も逃がさないつもりで！」

「分かっております。ここで両陣営の軍を徹底的に潰します」

カルモンが頷き、敵陣営を鋭い視線で見つめる。

「しかし、かなり減っておりますな。4万、いや、3万といったところでしょうか？」

ゼルダの言うように、第四王子派と王太子派の兵数は、当初の7万から大きく数を減らしている。

これも、恐怖の種を蒔いてきた、これまでの努力の賜物《たまもの》だと思う。まあ、僕はともかく、カルモンとスーラは楽しそうに恐怖の種を蒔いていたけど。

それに、第四王子派と王太子派はお互いを信用できず、軍の出し惜しみをしている状況なので、兵士たちも嫌気がさして数を減らしているのだと思う。

第四王子派と王太子派はいったい何をやっているのかと、呆れるしかない。

「ん？　誰か進み出てきますぞ？」

僕はゼルダのその言葉で、敵陣からたった1人でこちらに進み出てくる人物を見た。

視力も強化しているので、その人物の姿がよく見える。

赤毛で無精髭を伸ばした、40歳くらいの人物。その体は、鎧の上からでも鍛え上げられているのがよく分かる。

「む、あれは……」

「カルモンの知り合い？」

「……そのようですな」

カルモンの知り合いということは、ソルジャーギルド員かな？

こんな場所に出てくるってことは、それなりの人物なのだろうとは思う。

「剣聖、アバラス・カルモン・マナングラードに一騎討ちを申し込む！　いざ、勝負！」

どうやらあの人物は、カルモンと一騎討ちをするために出てきたようだ。

こういった戦場では珍しくもないことだけど、相手が剣聖だと分かっていて一騎討ちを申し込むのだから、剣の腕に相当な自信があるんだろう。

「殿、一騎討ちの申し出を受けますが、よろしいでしょうか？」

「大丈夫。なんだよね？」

「もちろんです。すぐに蹴散らしてきます」

カルモンの顔に、驕《おご》りはない。

僕が頷いたのを見たカルモンは、僕に一礼してゆっくりと進み出ていった。

「ザバル・バジーム。久しぶりだな」

「剣聖殿が姿をくらましたのが6年前だからな」

「少しは剣の腕を上げたか？　剣王殿」

赤毛の人物は、剣王ザバル・バジームというらしい。

剣王と言えば、剣聖のすぐ下の位階だ。カルモンが強いのは知っている。でも、剣聖カルモンに次ぐ地位の人物が出てきたことで、カルモンのことが心配で心が落ちつかない。

「あんたの時代も終わりだ。次はこの俺、ザバル・バジームが剣聖になるぜ」

「ふっ、某に3度挑戦して、3度とも軽くあしらわれたことを覚えていないようだな」

「それも6年以上前の話だ！　俺は死に物狂いで剣の腕に磨きをかけたが、お前は隠棲し無駄に年を重ねた！　俺が剣聖カルモンに引導を渡してやるぜ！」

「威勢だけは相変わらずだな。口だけでは剣聖になれないぞ」

「ほざけっ！」

10メートルくらいの距離を取って、口撃の応酬をする2人。それもそろそろ終わりのようだ。

バジームが剣を抜いた。カルモンの聖剣にも劣らないほど存在感のある剣で、淡い銀光を放っている。

カルモンも聖剣を抜いて、だらりと構えた。まったく力が入っていなくて、やる気のなさそうな構えだけど、隙がまったくないのが僕でも分かる。

「けっ、相変わらずふてぶてしい構えだぜ！」

「無明《むみょう》の構えだ。お前はまだ到達できぬようだな」

「ほざきやがれ！」

バジームが地面を蹴ってカルモンに切りかかる。剣がカルモンを捉える軌道を辿ったその直後、カルモンの体がぶれたように見え、剣が空を切った。

「……カルモンの動きが見えなかった」

「カルモン殿の地の強さに加え、最近は殿の身体強化魔法によって体の衰えが止まったどころか、若返ったようだと言っておりました。おそらく、最盛期のカルモン殿の動きなんでしょう」

視力強化をしても尚《なお》、カルモンの動きが見えない。それほどにカルモンは僕の先の先をいっている。

こんな戦いを見てしまうと、何年経《た》ってもカルモンには追いつけそうにないと思えてしかたがない……。

『あれは正真正銘の剣の鬼だ。ザックが剣の鬼になる必要はない。ザックには身体強化魔法と重力魔法と創造魔法がある。総合力で勝負すればいいんだ』

『でも、幼い時から剣を学んできた僕としては、剣では追いつけそうにないという事実に、感情がついていかないんだよ』

『ザックは魔法使いだ。剣ではなく、魔法で世界を盗《と》ればいい』

『魔法で世界を……盗る……』

『魔法でならザックは世界一になれる』

『僕が魔法で世界一か』

『まあ、俺を超えることは無理だがな！　はーっははははは！』

『まったく……。それじゃ世界一じゃないよね』

『俺は世界一を超えているどころか、複数世界を超越した存在だから、比較外なんだよ』

どんな考え方なんだか。

でも、スーラのおかげで心が軽くなった気がする。

「おい、避けてばかりじゃ勝てないぜ！」

バジームが激しい攻撃を繰り返し放つのに対して、カルモンは回避に徹している。

あのバジームという男、剣王というだけあって恐ろしい剣筋の持ち主だ。

僕では身体強化をしていてもぎりぎり躱せるかどうかだ。いや、あれほどの剣戟《けんげき》を繰り出されては、最初の剣を躱すのがやっとだろう。

「ふん、お前の剣の腕がどれほどになったか見てやったが、見るべき点はないな」

あれほどの剣戟を繰り出されても、カルモンは余裕なのか？

「ちっ、くたばりぞこないが!?」

バジームはさらに攻撃を激しく繰り出したが、カルモンはそれらをことごとく躱しまくった。

「え――い、ちょこまかと！」

躱され続けて苛立《いらだ》つバジームに、カルモンは首を振って応えた。

「なっていないな」

「このジジィが！」

バジームが焦《じ》れて剣筋が雑になったのが、僕にも分かった。

その瞬間、バジームは鮮血を飛ばして地面に倒れ込んだ。

「……ゼルダ、見えたか？」

「いいえ、まったく……」

カルモンが動いたのは分かった。

だけど、カルモンが剣を振った様子はない。いや、僕には見えなかった。

バジームは右腕を肩口から切り落とされて、地面に額をつけて左手で傷口を押さえている。

悲鳴や苦痛の呻き声などは、身体強化魔法で強化した耳でも聞こえず、バジームは歯を食いしばって痛みに耐えているようだ。

僕なら右腕を落とされて、声をあげずにいられるだろうか？　無理だろうな……。

それだけでもバジームの精神力、胆力は剣王の名に相応しいものだと言えるのではないだろうか。

「皆の者！　カルモン殿が一騎討ちに勝ったのだ！　勝鬨《かちどき》をあげよ！」

ゼルダの声で、兵士たちが勝鬨をあげる。

逆に第四王子派と王太子派の軍は意気消沈している。

ん、兵士が逃げ出している……。あんな凄まじい一騎討ちを見せられては無理もないか。

「よし、ゼルダ。軍を押し上げるぞ！」

「はっ！　全軍前進！」

僕はアルタを歩かせ、その後ろから軍が続く。

カルモンは右腕を失ったバジームを放置し、敵軍へ向かって歩き出した。

敵軍に向かっていくカルモンの背中が、とても頼もしく見える。

「殿、敵が逃げていきますぞ」

「ゼルダ。貴族たちはできるだけ捕らえるか殺す。逃がすなよ、いいな」

「承知！」

僕はアルタの速度を上げる。

「全軍、殿に続け！」

ゼルダが兵士を鼓舞して速度を上げる。

「殿！」

「カルモンは王太子派のほうへ！」

「承知！」

僕の後ろに続いている兵士たちから、およそ800人がカルモンに従って王太子派の陣へ向かう。

「スーラ、ゼルダ。いくぞ！」

「皆殺しです」

真面目秘書官のスーラが言葉少なく応える。

「ここで決めましょう！」

ゼルダの意気込みが見える。

目の前の敵兵をグラムで切り倒しながら、僕はとにかく真っすぐ進んだ。と言っても兵士たちの多くは逃げ出しているので、僕の前には逃げ惑う兵士と、それを食い止めようとする貴族や隊長た

「ひぃっ⁉」

僕の視界の端に、逃げようとする見知った顔があった。アムリス侯爵だ。

「ひれ伏せ」

僕は重力魔法を発動させて、その場にいた貴族や騎士たちに5倍の重力をかけた。

多くの貴族たちが地面にひれ伏す中、2人の騎士が片膝をつくだけで持ちこたえ、僕を睨みつけてきた。

「なかなかの胆力だ。名を聞こう」

「逆賊に名乗る名などない！」

まだ20代前半だと思われる、青髪の騎士が剣に手をかけた。

ちがいるばかりだ。

「はっ！」

「ぎゃっ⁉」

名も知らない貴族か隊長かを切り伏せて、進む。見えた！　第四王子派の本陣だ。

「ザック・サイドス見参！」

本陣で右往左往している誰かを切って、そのまま駆け抜けるとアルタを翻して本陣に戻る。

「山猿が！」

騎士らしい大男が剣を向けてきたので、グラムを振って見えない刃を飛ばすと、大男の首が飛んでいった。

「止めておけ。お前が剣を抜けば、ここにいる全員の命はないぞ」

「くっ」

僕に皆の命を人質にされたことで、青髪の騎士は剣を抜くのを躊躇《ためら》った。

そこで、僕はその青髪の騎士の重力を8倍に上げる。

5倍を辛うじて耐えていた青髪の騎士も、8倍の重力には耐え切れずに、地面に張りつけられたようにひれ伏した。

もう1人の人物はなんと女性で、30歳くらいの黒髪の女騎士だった。

「お前の名は?」

「私は近衛騎士長アマリエ・サージャスだ」

黒髪はこの国では珍しい。

僕の瞳と同じ色の髪を持つ女騎士に、なんだか親近感が湧いた。

「僕の父は、黒い瞳は縁起が悪いと言い、僕を虐げてきた。近衛騎士長アマリエ・サージャスはどうだ? バカな貴族たちに黒い髪の毛を気味悪がられることはなかったか?」

「………」

女騎士の反応を見るに、それなりに辛いことがあったようだ。

「だが、アマリエ・サージャスは近衛騎士長にまでなった。僕も父に間接的に殺されそうになったところから伯爵になり、そして正当な理由なく爵位を奪われた」

「き、貴様が伯爵位を剥奪されたのは、王命を無視したからだ」

「王命か。だけど、その王命は領地替えの時に交わした約束に違反している。王命と言えど、約束を反故にしていいのか？　それがまかり通るのであれば、貴族は王に従う必要がなくなるぞ」

そもそも、王命といっても僕への命令は官僚が勝手にしたもので、国王はかかわっていない。

近衛騎士なら、それくらい知っていると思うけど。

「………」

「答えられないか。答えてもらおうとも思っていないけどね」

「………」

僕は話を切って、その場で地面に張りつけられている貴族たちを見ていく。

そして、僕との婚約を破棄したケリス・アムリスの父であるアムリス侯爵の前にアルタを進めた。

「久しぶりですね、アムリス侯爵」

「………」

アムリス侯爵は返事をしない。いや、5倍の重力が苦しくて返事ができないようだ。

5倍重力を解除してやると、やっと息ができたのか何度も大きく息を吸って吐いた。

「これで喋れるでしょう？」

「こ、殺さないでくれ」

「それは侯爵次第です」

僕はアムリス侯爵に、この場にいる貴族たちの名前と地位を聞いた。

アムリス侯爵は、二つ返事で皆のことを教えてくれた。貴族たちはアムリス侯爵のことを恨めしそうに睨んでいたよ。

「殿！」

「ゼルダ、この者たちを捕縛しろ！　抵抗する者は切り伏せろ」

「はっ」


ゼルダがやってきたので、貴族たちの捕縛を命じて全員の5倍重力を解除した。

いつの間にかいなくなっているスーラを捜したら、左手のほうで数人の人物を捕縛しているのが見えた。

あのスーラが殺さずに捕縛するなんて、どうしたんだろうか？

030―独立勢力、戦後処理をする

　僕たちはアスタミュール領で第四王子派と王太子派の連合軍と戦い、大勝利を収めた。

　第四王子派の首脳陣はほぼ捕縛し、王太子派も半分は捕縛できた。

　王太子派の首脳陣の捕縛が少なかったのは、半分が戦死したからで、両派とも逃げた首脳陣は少ない。

　アスタミュールの戦いによって、大軍がたった2000の軍に完膚なきまでに打ち負かされたという情報はすぐに国中に伝わり、僕たちが王都に入った時には抵抗らしい抵抗はなかった。

　敵対する貴族が僕たちと戦うと言った時点で、死にたくない兵士たちが逃げ出すということが、あちこちで起きたためだ。


「殿、ジャスカがサムラットの領都アシュタットを落とし、こちらに向かっていると報告がありました」

「ジャスカ軍の被害は？」

「死者はゼロです。重傷者は2人いましたが、殿がお作りになられたエリクサーによって事なきを得ています」

「そうか。よかった」


　カルモンの報告を聞いて胸をなでおろす。

　それから5日後にジャスカも合流して、これで全員集合だ。

ジャスカ軍を待っている間に、僕たちは王都周辺の残敵を掃討した。

「第四王子は捕縛していますが、王太子は東部へ逃げたようです。東部の各家に王太子を捕まえて差し出すように命令しましょう」

「ゼルダに任せる」

第四王子派の面々は、主力であるサムラット侯爵の本拠地であるサムラット領に逃げたが、ジャスカがすでにサムラット領を占領していたので、サムラット侯爵と第四王子は捕縛された。

王太子を逃がしたのは残念だったが、それが面倒なことにならなければいいと思う。

僕たちは王都の中心地に建っている王城キングカリアスを接収して、そこを拠点として使うことにした。

代々の王族が居城にしてきた大きな城だが、僕たちが入る前に財宝などは全て持ち出されていた。スーラに言わせると、火事場泥棒によるものらしい。

キングカリアスの広い謁見の間で、戦争犯罪者たちを尋問することにした。

もちろん、僕が玉座に座り、戦争犯罪者たちを見下ろす形になる。

「ザック様。愚か者のケンドレー男爵とその息子です。どのように殺しますか?」

スーラの中では殺すのが決まっているし!?

とは言え、たしかにケンドレー親子の返答次第では殺すことになる。

親殺しか……。特に感慨はないかな。

目の前で縄をうたれ猿ぐつわをかまされているケンドレー家の者たちとは、とっくに縁が切れている。

それに、彼らを家族だと思うようなことは、10年以上前からなくなっている。

「猿ぐつわを」

僕は言葉少なく、猿ぐつわを外すように兵士に指示した。

「ザック、この親不孝者が！」

いきなり親不孝と言われても、この男が親として僕に何をしてくれたのだろうか？

「てめぇ、ザックのくせに俺たちに縄をうつなんて生意気だ！」

敵である第四王子派のウォルフに縄をうつのは当然のことだが、こいつは何を勘違いしているのかな？

「ザック、すぐに縄をとけ。そうすれば今回のことは不問にしてやる」

「そうだ、早く縄をとけ！」

どうやら、2人は自分たちの置かれている立場が分かっていないようだ。

この場を支配して、2人の命を握っているのは誰なのか、分からせる必要があると思う。

「ゼルダ、この2人の処分は何が妥当か？」

「されば、死罪が妥当かと。殿の血縁者でもありますので、絞首刑ではなく斬首でよろしかろうと存じます」

「「なっ⁉」」

ゼルダの言葉に、2人が声を失う。

「なななな、何を言うか⁉」

「俺たちはザックの家族だぞ!?」

未だにこの2人は気づいていないのだろうか？

あるいは、頭が弱すぎて理解できていないのかもしれない。この2人は僕とは血の繋がりがあるだけの他人であり、敗者であることを。

敗者が勝者にここまで強気でいられる理由はなんだろうか？　僕には思い当たらない。

カルモンとゼルダは呆れた顔をしているし、スーラは無表情を装っているけれど、鼻の穴がぴくぴく動いているから、きっと面白がっているんだろうな……。

この2人の処分をどうするか？

軽い処分で済ましたら、他の第四王子派の貴族に厳しい処分ができなくなる。血族を助け、そうでない者に厳罰を与えたとなれば、間違いなく不公平な処分だと思われるだろう。

逆に死罪にした場合は、僕自身が親殺しと言われることがデメリットかな。だけど、この国の全てを奪うと決めたのだから、今さら僕の肩書に親殺しが追加されたって、どうってことない。

それに、この2人を再び世に出したら、間違いなく僕に反逆するだろう。僕はそれでも構わないけど、この2人に巻き込まれる人はたまったものではないと思う。

やっぱりこの2人は……。

「ゼルダ。この2人は死罪に処す」

「はい」

「「な、何を!?」」

「黙れ！」

ゼルダが2人を殴って黙らせる。正直、これ以上この2人に家族だとか言われたくないし、聞きたくもない。

2人は再び猿ぐつわをかまされて、引きずられるように連れていかれた。

「次は第四王子と第四王子派の主要貴族たちです」
「入れてくれ」

ケンドレー親子に対しては、僕の個人的な気持ちもあったからとても厳しい処分をしたけど、ここからは、ケンドレー親子にしたような短絡的な結論を出すことは控えるべきだろう。

国内のことだけど、これは外交と同じなんだと考えて、要求と妥協の折り合いをつける必要があると思う。

第四王子と8人の主要貴族が兵士に囲まれて入ってきた。

ケンドレー親子のように暴れないので、縄はうっていない。

ただし、暴れたり騒いだりすれば、容赦なく切り捨てると事前に宣告してある。

「さて、アイゼン国第四王子ゴウヨー・アイゼン。このままだと死罪だが、何か言いたいことはあるか？」
「簒奪者《さんだつしゃ》に言うべきことはない」

随分と潔いことだ。

「ならば、その後ろに控えている者たちに聞く。言いたいことはあるか？」

第四王子の後ろには、サムラット侯爵、アムリス侯爵、アッセンブルグ侯爵、ゾード伯爵、トールム伯爵、ウインザー伯爵、ベリッツ伯爵、オスマン伯爵がいる。

彼らが第四王子派を主導してきた貴族たちだ。

「なれば、某からひと言いいかな？」
「アッセンブルグ侯爵か、申せ」

アッセンブルグ侯爵は、領地を持っていない法衣貴族とか宮廷貴族と言われる貴族で、国軍の将軍をしていた30歳くらいの人物だ。

「我らはアイゼン国の王族である、ゴウヨー殿下を奉じて国を安定させようとしたが、サイドス殿は何をもって軍を起こしたのか」

軍を起こした理由か、それは簡単だ。

「なんの瑕疵《かし》もない、このサイドスの伯爵位を剥奪したこと。理由はそれだけで十分であろう」

「笑止！　王命を無視し続けたサイドス殿が爵位を剥奪されるのは、当然のことであろう！」

「おかしなことを言う。このザック・サイドスがロジスタから移封される時、5年間の軍役免除権を得た。なのに、なぜ軍役を課されなければならぬ？　なんの罪もないのに再び移封されなければならぬ？　アッセンブルグ侯爵が僕の立場であれば、唯々諾々《いいだくだく》と従うのか？」

アッセンブルグ侯爵は言葉を呑んだ。

前提となっていることを無視して、僕を謀反人や不忠者と言うのは勝手だけど、そんな屁理屈で僕が納得するわけはないのだということを、彼らは知るべきだ。

「陛下の命であれば、受けるべきであろう！」

声をあげたのはアムリス侯爵で、他の貴族たちも頷いている。

「死んだ国王がロジスタのモンスター討伐を命じたのは、ゾード伯爵であろう。それがなぜこのサイドスになったか、知らないとでも思っているのか？」

僕が睨みつけると、アムリス侯爵は後ずさった。

そもそもロジスタのモンスター討伐は、国王がゾード伯爵に命じたことなのだ。

ゾード伯爵は第四王子派の主要メンバーで、魔の大地からやってくるモンスターは強力で数も多かったことから、ゾード伯爵の戦力を疲弊させては第四王子派の勢力が低下する。だから、アムリス侯爵たちが横やりを入れることになった。

元々ロジスタを治めていた僕の名が便利に使われてしまい、いつの間にか僕の名に変わっていたんだ。これは、全部スーラが見聞きしていて僕に教えてくれたことだ。だから僕は、頑《かたく》なに国の要請を拒否した。

なぜ、僕がこいつらの利益のために、家臣たちの命を危険に曝さないといけないんだ？　寝言は寝てから言えだ。

「お前たちがやってきたことは分かっている。それを無視して王命のなんたるかを語るのであれば、聞くだけ無駄だ」

第四王子と貴族たちの動きは、スーラを通して僕に筒抜けなのだと言えたら面白いのにな。

でも、こういうことは敵に知られないのが重要なんだ。まあ、スーラの分体なら、どんな状況になっても情報を持ってきそうだけど。

「どういうことだ!?　ゾード伯爵にそのような王命が下っていたという話は聞いていないぞ！」

アッセンブルグ侯爵が他の貴族たちの顔を見て、今の話について問いただす。

アッセンブルグ侯爵は第四王子派だけど、真っすぐな性格なので宮中の権謀術数にはかかわっていない。

彼が第四王子派で重用《ちょうよう》されたのは、戦の強さゆえだ。宮中の権力争いには興味がなく、あくまでも軍人として国に仕えていた。

今回の戦いでも、彼の率いていた兵士たちだけが、勇敢に戦っていた。もっとも、相手がスーラだったので、普通の兵士にはどうにもできなかったんたけど。

「アッセンブルグ侯爵は知らないようだな。サムラット侯爵、国王がどうして死んだのか、教えてやったらどうだ」

「何を言うか！　陛下は不治の病だったのだ！」

目の前にいる第四王子派の貴族の中で、国王の病名が火炎症だったことを知らないのはアッセンブルグ侯爵だけだ。

生真面目なアッセンブルグ侯爵が、それを知ったらどういう反応するか。

「アッセンブルグ侯爵、あのような簒奪者の言うことになど、耳を傾けるでない！」

「そうか、アイゼン国では火炎症は不治の病なのか。遅れている国だな」

「ば、バカなことを!?」

サムラット侯爵たちは口々に否定するが、アッセンブルグ侯爵は僕の言葉を信じたようだ。

「貴様ら！　陛下に何をした!?」

「落ちつけ、アッセンブルグ侯爵！」

「これが落ちついていられるか!?　ゴウヨー殿下！　殿下は陛下の病のことを知っておいでだったのか!?」

アッセンブルグ侯爵が8人に詰め寄る。

このままでは殴りかかりそうなアッセンブルグ侯爵を8人から引きはがし、僕は話を続けた。

「第四王子と王太子は国王が火炎症だということを伏せて、効果のない治療を施すように侍医に命じた。それを直接侍医に命じたのはウインザー伯爵だったな」

侍医の管轄は内務省であり、ウインザー伯爵は内務大臣である。

「おまけに、王太子派のケストミア伯爵もその場にいたぞ」

ケストミア伯爵は内務副大臣だから、内務省のトップ2人と主要派閥である第四王子派と王太子派の重鎮たちから命じられては、侍医も嫌とは言えなかったのだ。

「貴様らぁぁぁぁあっ！」

第四王子を含めた8人を、怨嗟《えんさ》のこもった目で睨むアッセンブルグ侯爵。

「く、私は知らん！　そんなことは私は指示していない！　ウインザー伯爵が勝手にやったことだ！」

ここにいたっても第四王子は言い逃れしようとする。往生際が悪い。

「そうか、ウインザー伯爵の報告を聞いた時、70年物のジャグバワインを傾けて陽気に笑ったのは誰だったかな？」

「なぜそれを⁉　うっ⁉」

第四王子は思わず口を滑らし、手を口に当てる。

しかし、もう遅い。アッセンブルグ侯爵は血の涙を流しながら、第四王子に与《くみ》したことを悔やんでいるようだ。

こういう光景を見ると、人を欺いたり陥れたりして得た関係や権力なんて、とても脆いものなんだと思ってしまう。利益だけを求める彼らのような人たちが集まったところで、ちょっとしたことで関係が壊れてしまう。

簡単に壊れない関係になるためには、お互いに信用し信頼し合える関係でなくてはならないと思う。そのために僕は、僕と共に覇道を進んでくれる人たちの信頼を得られるよう、これからも正直な支配者でいようと思う。

「アッセンブルグ侯爵。後悔しているなら僕に仕えないか？」

第四王子たちに死罪を申し付けた後、残ったアッセンブルグ侯爵に聞いてみた。

「……ありがたきことなれど、このような無能では、サイドス殿の役には立てますまい」

アッセンブルグ侯爵は頑なに僕の誘いを断った。

多分、第四王子たちは許せないが、かといって簒奪者である僕を受け入れることもできないんだろう。

031―独立勢力、国王を名乗る

第四王子派と王太子派の戦争犯罪者たちに処分を下した僕は、ロジスタに向かうことにする。

『ザック、俺はこの旧王都に残るぞ』

『どうしたの？　旧王都に何かあるの？』

『この旧王都にはまだ粛清しなければならない奴らが多い。俺がそいつらを粛清しておいてやる』

『……粛清対象は？』

『まず、第四王子派と王太子派で、国王の殺害を主導した奴らとそのことを知っていた奴ら、他にも城の宝物庫から宝を盗み出した奴ら、あとはザックに反抗する奴らだ』

『なるほど……。でも、全員を死罪にしたら役人が足りなくなりそうだから、ほどほどにね』

『任せろ！　ザックは俺に全権委任すればいい。それで旧王都を掃除しておいてやる』

僕は旧王都をスーラに任せることにして、ロジスタに向かうことにした。

王都のことを旧王都と言っているのは、このクルグスをこれまで通り王都にするつもりはないからだ。

僕の本拠地はサイドスであって、このクルグスではないのだから。

人口がまったく違うけど、これから政治の中心はサイドスに移るから、民や商人たちもサイドスに移り住むことになると思う。

「スーラに全権委任して、このクルグスのことは任せる。僕はロジスタに向かう。カルモン、ゼルダ、ジャスカ、ケリー、パロマ、レオン、リサは僕と共にロジスタに。クリットはスーラを補佐してやってほしい」

「承知しました」

カルモンが答えると、皆がそれに続いた。

「ザバルはどうする？　僕とくるか？」

「我が君、俺はロジスタへお供いたしたく」

ザバル・バジームは元剣王で、カルモンに右腕を切り落とされた人物だ。

でも、僕が創造したエリクサーによって右腕はくっついた。

カルモンの剣があまりにも鋭くて切り口が綺麗だったので、なんの問題もなく腕を動かせるまでに快復している。そういうことがあって僕に恩を感じたのか、剣王ザバルは僕の家臣になりたいと言ってくれた。

そして、今はソルジャーギルドに剣王の地位を返上して、僕の一家臣になっている。

軍を率いてサイドスを発つ前、スーラからエリクサーを創造しろと言われた時には無理だと思ったけど、鼻血を出しながらがんばったらできてしまった。

さすがにエリクサーまで創造できるとは思っていなかったので、僕どころかカルモンたちも驚愕のあまり、開いた口がしばらく塞がっていなかったのを覚えている。

「それじゃ、ザバルはロジスタに。他は何かないか？」

カルモンが一歩前に出てくる。なんだろう？

「すでに国内に殿の敵はおりません。王を名乗りなさいませ」

カルモンが膝をついてそう言ったのを皮切りに、全員が次々とそれに倣う。

「僕が王……」

弱小貴族の四男に生まれ、親に虐げられ、婚約破棄も経験した。

そんな僕がとうとう国王か……。

「分かった。サイドス王を名乗ることにする。首都はサイドスにしようと思うけど、どうかな？」

「問題ありません。サイドスは、開発すれば200万の民を支えるほどの生産力を秘めた土地です」

「それじゃ、スーラは僕が王を名乗ったことと、サイドスを王都にすることを布告しておいて」

「承知しました。その上で、各貴族と代官に軍を率いてロジスタへ向かうように命じましょう」

「ん？　しかし、ロジスタは僕たちがいけば問題ないと思うよ」

「戦うためではありません。貴族の当主や代官が自ら軍を率いてくればよし。もし軍を出さなかったり、当主や代官がこなかったり、軍の規模が少なかった場合は、その者を排除する口実になります」

スーラは色々と考えているね。

「たしかに、スーラ殿の言う通りですな。私もそのようにするべきと心得ます」

ゼルダが同意したことで、皆も同意していく。

「分かった。スーラの意見を採用する。上手くやってくれ」

「はい」

こうして僕はサイドス王を名乗り、各地の権力者たちに軍の派遣を命じた。

▽▽▽

モンスターの勢力がまったく衰えない。

このままでは我らのほうが疲弊して、軍を維持できなくなる。

今、このロジスタには、国軍と周辺貴族の2万の兵が集結している。

兵糧は問題ないが、毎日の戦闘で兵士たちだけでなく、将たちも精神的にキツくなっている。

「ボッス伯爵、サイドス殿は本当にくるのであろうな?」

「ケントレス侯爵、すでに王都はサイドス様の手にあります。数日のうちには援軍に駆けつけてくれましょう」

「だといいのだが……」

ケントレス侯爵は心配なのだな。

今はこの国の王を名乗っているサイドス様がケリス・アムリス嬢に婚約破棄された時、なんの対応もしなかったのだから無理もない。

あの時、婚約を橋渡しした家としてアムリス家に強く抗議していれば、ここまでサイドス様に引け目を感じることもなかっただろうに。

「しかし、兵士たちもそうだが、将らも疲弊している。どれだけ持ちこたえられるか難しいところですぞ」

「持ちこたえるしかありませんぞ、キャムスカ伯爵」

傲慢でケチなキャムスカ伯爵でも、自領の危機とあっては防衛を他人に任せるわけにはいかず、軍を出した。

キャムスカ伯爵はサイドス様の父であったケンドレー男爵と懇意にしていたことで、サイドス様の心証が悪いことを知っているはずだ。だからケントレス侯爵と同様に、サイドス様が本当に援軍としてきてくれるのかが心配なんだろう。

もっとも、キャムスカ伯爵がアスタレス公国に寝返ろうとしていたことを、サイドス様は知っている。それがどのように転ぶことか……。

「我らが崩れれば、ロジスタと隣接する我々の領地もタダでは済まない。だが、将兵の疲労は限界に達しようとしている……」

それは、ここにいるどの貴族も同じだ。皆、自分の領地を守るために必死でモンスターと戦っている。

元々、ロジスタの地はモンスターが多かったが、それを魔の大地へ封じ込めたサイドス様を移封などするから、このようなことになってしまうのだ。

王都の連中は本当に碌なことをしない。

しかも、王都から派遣された代官は、魔の大地に築かれた要塞ロジスタークを守りきれず、モンスターをロジスタの中に入れてしまった。

すでに1年以上も軍を展開しているケントレス侯爵やキャムスカ伯爵などは、たまったものではないだろう。

それは、その他の周辺貴族たちも同じで、長期間軍を維持するための莫大な費用を捻出し続けなければならず、仮にモンスターを駆逐できたとしても、財政破綻寸前の家もある。

いや、すでに破綻している家も少なくないだろう。

王都で国王の座を争っている暇などないというのに、あの第四王子と王太子は何を考えているのか。

もっとも、第四王子はサイドス様に処刑され、王太子はどこかに身をひそめている始末。

私とて国王が亡くなった時、ユリア様を奉じてと思わなかったわけではない。しかし、現実を考えれば、ユリア様を奉じる勢力は少ない。

考えを巡らせて、第四王子派と王太子派に自分を高く売り込もうとした。しかし、まさかサイドス様があそこまで強いとは思ってもいなかった。

いや、強いのは分かっていたのだ。ロジスタからモンスターを駆逐して、アスタレス公国の第五公子の首を取ったのも単独であった。戦においてサイドス様の右に出る者はいないだろう。

私は決断し、ユリア様にサイドス様に降ることを進言した。ユリア様は私にサイドス様の人となりを確認され、自分がサイドス様の下につくことで戦が早く終わるのであればと、納得してくださった。

ここでモンスターに蹂躙されるわけにはいかない。私はユリア様とサイドス様の間を取り持って、新しき国で重きをなす。

そうでなければ、なんのためにサイドス様に降ったのか、分からなくなるではないか！

その3日後、我らはモンスターの大攻勢に曝されることになった。

今までにないほどのモンスターの数と苛烈な攻撃は、2万以上の軍を擁する我らさえ飲み込みそうなほどである。

陣の中は慌ただしく伝令が出入りし、皆の顔にも疲労の色が隠せない。

「第4防衛ラインも抜けられてしまった。第5防衛ラインを突破されるのも、時間の問題だ……」

「もし、第5防衛ラインを突破されれば、もはや我らの本陣しか残っていない……」

ケントレス侯爵とキャムスカ伯爵は、悲壮感さえ漂わせるほどの面持ちだ。

「陣を後退させましょう。さすれば、まだ……」

「我らはすでに、ロジスタのほぼ全てをモンスターに奪われた。陣を後退させるということは、ケントレス領とキャムスカ領にモンスターを引き入れることになる。それだけは……」

ロジスタの全てがモンスターの生息域になろうとも、ケントレスとキャムスカにモンスターを入れることだけは、あってはならない。

幸か不幸か、ザック様についてロジスタの領民は、皆サイドスに移住した。だが、他の領地はロジスタと違って、守るべき領民がいるのだ。

「申し上げます！　第5防衛ラインが突破されました！」

「くっ⁉」

私は立ち上がる。

「各々が兵を指揮してモンスターを食い止めましょう。これからは生きるか死ぬかの戦いですぞ！」

「こうなっては是非もなし！」

「やるしかあるまい！」

私の言葉で皆が立ち上がり、陣を出ていく。

私も陣を引き払い、兵を率いてモンスターとの決戦に向かう。

「皆、ここで我らがモンスターに負ければ、多くの民がモンスターの餌食になる。なんとしても食い止めるのだ！」

「おおおぉぉぉぉっ！」

私は死を覚悟し、剣を抜いた。

もう戻れないかもしれないが、ここで退くわけにはいかないのだ。

「いくぞ！」

「後方に土煙が見えます！」

「何!?」

まさか、後方にもモンスターが!?

「くそっ、前方だけじゃなくて後方にもモンスターかよ。俺たちはここで死ぬんだ……」

兵の誰かの言葉が聞こえた。

もはやこれまでか……。

「おい、あれは!?」

「こ、後方の土煙は、モンスターじゃないぞ！」

何!?

私はこの世界には神がいるのだと、その時初めて信じたのかもしれない。

「あれは!?」

「み、味方だ!?」

土煙を上げてこちらにばく進してくるのは、間違いない。

「サイドス様！」

薄い紫色の髪の毛をなびかせて巨大な馬を走らせる姿は、正に神のような神々しさだ。

「ザック・サイドスだ！　道を空けろ！」

戦場に木霊するその声を聞き、私は慌てて兵らに命令を出す。

「道を空けるのだ！　巻き込まれるぞ！」

「道を空けろ！」

「道を空けるんだ！」


私の配下の将が、道を空けるように兵士たちに命じる。

私は大きくなってくるサイドス様の姿に、胸の高鳴りを抑えられない。


「ザック・サイドス見参！」


そう言ってサイドス様は我らの前を疾走し、モンスターの大群に突撃していった。

巨大な馬に蹴り殺されるモンスター。その馬の背に跨り、青く輝く剣でモンスターを一刀両断にしていくサイドス様。

これは奇跡ではなく、現実なのだ。体の芯から震えがくるのが分かった。

「これで、我らは助かった……」

032―サイドス国王、ロジスタを平定する

僕はアルタに跨り、グラムを構えてモンスターの大群に突撃した。

アルタはモンスターを踏み殺し、僕はグラムでモンスターを切り飛ばす。

カルモンは右側から、ジャスカは左側からモンスターを迎え撃つ。僕は中央からモンスターを倒してく。

「逃げるモンスターに構うな！　確実に一体一体倒すんだ！」

「おおぉぉぉ！」

そんな僕の視界が、巨大なモンスターの姿を捉えた。

アースドラゴンに似た顔をしていて、ヘビのように長い胴体にコウモリのような羽根、そしてムカデのように多くの足を持つそのモンスターは、胴体の長さだけで優に30メートルを超えていた。

「殿、あれはアシュマンドレイクです！」

ゼルダはあのモンスターを知っているようだ。

「アシュマンドレイクは毒のブレスを持っている危険なモンスターです」

「あのアシュマンドレイクは僕が倒す！　ゼルダは雑魚どもを頼んだ！」

「了解です。ご武運を！」

『アルタ、あのアシュマンドレイクに突っ込むぞ！』

『うん！』

空から現れた巨大なアシュマンドレイクに向かってアルタは空を駆けた。

天翔けるアルタイルホースであるアルタは、空も飛べるのだ。

「お前がモンスターたちを追い立てているのか⁉」

強いモンスターが弱いモンスターの生息域に現れると、弱いモンスターがその生息域を追い出されることがある。

もしかしたら、アシュマンドレイクのような強いモンスターが現れたことで、弱いモンスターが追い立てられるようにして、ロジスタ領にやってきたのかもしれない。

天翔けるアルタに乗った僕はアシュマンドレイクに迫ったけれど、アシュマンドレイクが毒のブレスを吐いてきたので回避行動をとった。

あのブレスがあると、簡単には近づけない……。

こんな時、スーラならどうするかな……？

『そうかっ⁉　アルタ、アシュマンドレイクに突撃だ！』

アルタが大きく嘶《いなな》いて、速度を上げる。

アシュマンドレイクは長い体をくねらせて僕たちを迎え撃つ体勢をとり、大きく口を開けた。

毒々しい黒紫色のブレスが広範囲に放たれたが、僕は創造魔法で魔力の障壁を作って、自分たちを包むように展開する。

『アルタ、そのまま突っ込むんだ！』

『うん！』

障壁を展開させたまま僕たちは、アシュマンドレイクに突っ込んだ。

『グラム、いくぞ！』

『おう！』

僕の創造魔法は魔力を消費することでなんでも創造できる。スーラはそう言っていた。

つまり、魔力さえあれば人間だって創造できる。

もちろん、人間を創造しようなんて思わないけど、それでもこのような障壁を創造することくらい、今の僕なら簡単にできる。

魔力の障壁は、アシュマンドレイクが吐き出した毒のブレスから僕たちを守ってくれる。

アシュマンドレイクは、毒のブレスが効かないと見ると、長い体をくねらせて尻尾で僕たちを薙《な》ぎ払おうとしてきた。

「させるか!?」

グラムを強化して、アシュマンドレイクの尻尾に向けて振った。

「くっ!? はぁぁぁぁっ！」

アシュマンドレイクの尻尾は硬かったが、なんとか切り飛ばす。

アシュマンドレイクは痛みに耐えかねて絶叫をあげ、僕をその大きな口で食らおうとしてくるが、アルタが上手く回避してくれた。

空を駆けてアシュマンドレイクの攻撃を躱していると、切り落とされた尻尾が再生していくのが見えた。

「あれ、反則だと思うんだけど!?」

どうしたら、アシュマンドレイクを倒せるのか？

『そうだ。アルタ、頭だ。頭を狙うぞ！』

ダメで元々、頭を狙うことにした。

『分かった』

アルタは、アシュマンドレイクの長い体の上を一気に走り抜け、頭部へ接近した。

「くっ、硬い」

僕はグラムを振ってアシュマンドレイクの頭に切りつけたが、頭は尻尾以上に硬くて、小さな傷をつけただけだった。

でも、これで分かった。アシュマンドレイクの弱点は頭だ。

あれだけの硬さで守られている頭を破壊すれば、アシュマンドレイクでも死ぬはずだ！

「いくぞ、神々の怒り！」

僕は創造魔法によって雷を発生させて、アシュマンドレイクへと落とした。

バリバリバリッという轟音《ごうおん》と稲光で視覚と聴覚を一時的に失うが、魔力の流れで、アシュマンドレイクがまだ健在なのは分かる。

『アルタ、左だ』

『分かった』

左に進んだアルタの上から、グラムを振って斬撃を飛ばす。

斬撃がアシュマンドレイクに命中したのが分

かった。

視界と聴覚が戻ってきた。

見ると、アシュマンドレイクの右目が潰れていた。

『よし、あの右目に攻撃を集中する！　アルタ、グラム、頼んだぞ！』

『うん！』

『任せろ！』

アルタは一気に加速して、アシュマンドレイクへと迫る。

僕は、グラムに魔力をこれでもかと纏わせて振り上げる。

「はぁぁぁぁぁぁぁぁぁぁぁっ！」

アシュマンドレイクが口を開けて、僕たちを喰らおうと突進してくる。

「いぃぃぃぃぃぃぃぃぃっけぇぇぇぇぇぇぇぇぇぇっ！」

僕は渾身《こんしん》の力を込め、重力魔法で十数倍にまで重くした斬撃を飛ばす。

煌《きら》めく斬撃がアシュマンドレイクへと向かって飛んでいく。

「たぁぁぁぁぁぁぁぁぁぁぁぁっ！」

僕は斬撃を後押しするように声を発し、魔力を供給し続けた。

斬撃がアシュマンドレイクへ届く。

アシュマンドレイクが絶叫をあげ、轟音が鳴り響く。

「………」

アシュマンドレイクが、頭から尻尾まで縦に真っ二つに分かれた。

「や、やった……」

真っ二つに分かれたアシュマンドレイクの死体は、力なく地上へと落ちていった。

「ザック・サイドス様が、アシュマンドレイクを討ち取ったぞ！」

「うおおぉぉぉっ！」

ゼルダの声によって、地上の兵士たちから歓声が上がる。

「ザック様が大物を倒したぞ。皆も負けずにモンスターを狩るんだ！」

カルモンが兵士たちを鼓舞して、モンスターを切り伏せていく。

「ザック様に続くんだ！」

ジャスカが軽やかな動きでモンスターを翻弄する。

僕も皆に負けないように、地上のモンスターに5倍重力で圧力をかけ、皆の援護をした。

万に届くかと思うほどいたモンスターを殲滅《せんめつ》するのに時間はかかったけれど、僕たちはモンスターとの戦いに勝利した。

「サイドス様。この度の援軍、かたじけのう存じます」

ボッス伯爵が代表して頭を下げると、他の貴族たちも同様に頭を下げた。

「モンスターの脅威は去りました。しかし、全てのモンスターをロジスタから駆逐したわけではないので、しばらくは掃討戦をします」

「は、我らも及ばずながらお手伝いをいたします」

「いや、これまでモンスターと戦い続けてきた兵士たちは、疲れ切っているでしょう。ロジスタのモンスターは僕たちが掃討します。諸侯は兵士を休ませてください」

「ご配慮、痛み入ります」


諸侯が頭を下げてきた。


それから僕たちはロジスタを周り、モンスターを駆逐していった。

10日もすると、ロジスタ内のモンスターは掃討されたが、残念ながらロジスタの地は荒れ果ててしまった。


ケントレス侯爵の屋敷に入って、僕たちは国内の各貴族が集まるのを待つことにした。

その間に、ユリア殿との対面もある。

どんな姫なのか、とても気になる。気が強いのはまだいいけど、性格が悪いのは勘弁してほしい。

「ユリア・アイゼンにございます。サイドス陛下におかれましては、ご機嫌麗しく、お慶び申しあげます」


僕の前に現れたのは、美しい金色の髪の毛を腰まで伸ばし、透き通るような白い肌をした青い目の姫だった。

不覚にも僕は、ユリア殿の美しさに目を奪われてしまった。

「陛下、お言葉を」


カルモンの声がなかったら、僕はユリア殿をいつまでも見続けていただろう。

「あ……。うん。ユリア殿……。遠路はるばる大儀である」

「ありがたく存じあげます」

別室に移った僕は、長い時間をかけてユリア殿と語り合った。

ユリア殿は、とても心優しい女性だということが分かったので、ほっと胸をなでおろす。

「すでにアイゼン国はない。だからユリア殿はアイゼンの姫ではないけれど、それは分かってもらえるかな?」

「民がモンスターの脅威に曝されているのに、権力争いしかできない王家に、なんの意味がありましょうか。私もその一端を担った愚か者にございますが、陛下はお赦《ゆる》しになり受け入れてくださいました。感謝こそすれ、お恨みなどしておりません」

よかった。恨まれていたらどうしようかと思ったよ。

「それに、父を殺した第四王子ゴウヨーと王太子マーヌンは許せません。なにとぞ、マーヌンを処罰していただきたく、伏してお願い申しあげます」

「マーヌン殿は必ず見つけ出して、この国に混乱を招いた責任をとらせます」

「ありがたいことです」

「そこで、ユリア殿に頼みがあるのです」

「なんでございましょうか」

「これ以上、血を見ないためにも、僕に従うように諸侯を説得してほしいのです。各地からこの地に諸侯が向かっています。しかし、彼らは心から僕に従っているわけではありません」

「分かりました。すでに多くの血が流れています。これ以上血が流れないように、わたくしも努力させていただきます」


それから1カ月ほどで、諸侯が集結した。

その頃、王都では僕に反抗する勢力が蜂起したと、スーラの分体を通じて報告があった。


「アスマレッタ伯爵も無駄なことをする」

「反抗勢力を糾合したはいいが、スーラ殿に勝てるわけもないのにな」


カルモンとゼルダが、反抗勢力の話をしている。

アスマレッタ伯爵が、いくつかの貴族と結んで王都に攻め入ろうとしたけど、3万ていどの兵数でスーラに勝てるわけがない。スーラがその気になったら、この国に敵う者はいないし、この国の全兵力をもってしても勝てないだろう。

僕はもちろん、カルモンも勝てない。それくらいの化け物だと首脳陣は知っているんだ。


諸侯が集まるのを待って、僕はユリア殿との結婚を発表した。

初めて会ったその日に、僕はユリア殿に心を奪われてしまった。まさか、これほど心惹《こころひ》かれるとは思ってもいなかったので、僕自身かなり驚いている。

ユリア殿が僕を受け入れてくれたことに驚き、さらに感謝したい。


「おめでとうございます」


諸侯がおめでとうと大合唱する。

椅子に座った僕の横にはユリア殿が立って、諸侯の祝辞を共に受けている。

「陛下、この地へ集《つど》わぬ者どもの討伐をお命じくだされ！」


諸侯からそういった声があがる。

ここに集った諸侯はユリア殿に説得されたこともあり、反抗することはないと思う。

ユリア殿は、これ以上の流血沙汰にならないように願っているようだが、こればかりは手心を加えると、反旗を翻す諸侯が後を絶たないと思うから、厳しく対処することにする。何ごとも最初が肝心だというからね。


「分かった。ボルドン伯爵に討伐軍の指揮を任せる」

「ありがたき、幸せ!」


諸侯にとっては家を大きくするチャンスだから、気合が入るのは分かる。

しかも、今回は超大貴族だったアムリス家が潰れていて、アムリス家に連なる貴族たちも同様の道を辿っている。

他にも大貴族と言われる数家が潰れていることから、勝ち馬に乗って領地を広げようと気合が入るのも分からないではない。

033―サイドス国王、建国を宣言する

僕はユリアを連れて旧王都に向かった。え、呼び捨てにしてるって？　ユリアが呼び捨てにしてほしいって言ってきたからだよ。

旧王都までの道中にケンドレー男爵領を通ったけど、男爵領にはケンドレー家の者は誰もいなかった。

僕を産んだマリエーヌ、処刑されたケンドレー男爵の正妻ラビヌウス、側室のロイエイヌスたち、僕と血の繋がった兄弟姉妹の誰もいなかった。いたのはケンドレー家の元家臣たちのみだ。

「カリアウス、久しぶりだね」

カリアウスは、祖父の頃からケンドレー家に仕えてくれている家宰だ。

元々白髪だったけど、今ではその白髪もかなり薄くなり、シワも増えた。

クソオヤジのせいで、かなり苦労したんだろうな……。

「ザック様におかれましては、大変なご出世をされたよし、お慶び申しあげます」

全員が頭を下げる。

「ところで、その姿は何？」

彼らは全員、手枷足枷《てかせあしかせ》をつけている。

「我ら一同、ザック様にお手打ちにされても文句は言えぬ者たちでございます。ただ、できることでしたら、家族たちはお許しいただければ幸いにございます」

カリアウスが頭を下げると、他の人たちも頭を下げる。

「なぜ、僕が皆を手打ちにしなければいけないの？」

「我らはザック様が虐げられていても何もせず、見ているだけでした」

「なんだ、そんなことか。あの時はあのクソオヤジがケンドレー家の当主だったんだ。仕方がないと思っている。それに、カリアウスは僕を差別していなかっただろ？」

「それはそうですが……」

「カリアウスだけじゃなく、マレミスたちも僕に優しくしてくれた。クソオヤジが不要だと命じた僕の食事だって、マレミスたちが自分たちの分を僕に分けてくれたのは知っている。だから僕は、ケンドレー家の家臣や使用人たちに遺恨を持つどころか、感謝しているんだ」

「ありがたきお言葉……。感謝の念に堪えません」

僕はそこで話を切り上げて、全員に罪を問わないと改めて宣言した。そして、ケンドレー領は当面カリアウスに任せることにして、僕は旧王都に向かった。

旧王都に到着すると、スーラとクリットが僕たちを迎え入れてくれた。

「ザック様、罪人の処分をお願いいたします」

真面目秘書官モードのスーラが、城から宝物を持ち去った者たちや、反乱を起こした者たちのリストを僕に手渡してきた。

僕はそのリストにざっと目を通したんだけど、色々とツッコみたくなった。

「なんで、ケリス・アムリスやロイド・ケンドレーまでいるの？」

ケリス・アムリスは僕の元婚約者。僕との婚約を破棄した当人だ。

そして、ロイド・ケンドレーはケンドレー家の長男。つまり僕の異母兄。

「ケリス・アムリスは父親の仇《かたき》だと言っていました。それとロイド・ケンドレーは、ザック様の世では出世できないと言っていました」

バカなのかな……？　バカなんだろうな。

まったく、なんで僕と血の繋がりがあったり、家族になる可能性があった人たちは、こんなにバカばかりなんだろうか？

僕ってそういう意味では、とても不幸な星の下に生まれてしまったんだろうな……。

いや、あのクソ親父が全ての諸悪の根源だったんだ。あいつと縁を切ったことで出世できて、今では国王だ。しかも、あいつが死んだらユリアに出会えることもできた。あいつ、どれだけ疫病神だったんだよ！

「それで、この者たちはどうしますか？」

「どうすると言ってもね……」

許すという判断もあるかもしれないけど、それでこのリストに載っている人物たちは改心するのかな？

「ゼルダ、どう思う？」

「そうですな……。改心する者は罰を軽くし、改心する気のない者は死罪でしょうか」

そうだよな……。

僕も、それくらいしか思い浮かばないよ。

「おそれながら」

「何、スーラ？」

「改心する者は罰を減じ、改心しない者は奴隷に落として、一生地獄を見させてあげましょう」

うわー、スーラが悪魔に見えるよ。

「簡単に死なせるのは、この者たちには生温《なまぬる》いと存じます」

「カルモンたちはスーラの提案をどう思う？」

カルモンやゼルダたちの意見を聞いたが、皆顔を見合わせて頷いた。

「某たちは、スーラ殿の提案のようにされるのがよいと存じあげます」

ゼルダがそう言うと、皆がうんうんと頷く。

「分かった。このリストに名前がある者たちに罰を減じる機会を与え、改心する者は罰を減じる。そうでない者は、奴隷に落として鉱山へ送る」

皆が僕に頭を下げた。

他にも色々なことを決めて、僕はユリアが待つ部屋にいった。

「遅くなってしまい、申しわけない」

「いえ、ザック様がお忙しいのは分かっていますので、お気になさらないでください」

ユリアは中庭の白い丸テーブルでお茶をしてい

た。

「ザック様もお茶をいかがですか?」

「うん、もらうよ」

僕はユリアの反対側の椅子に座って、彼女の顔を見た。

彼女はいつ見ても、白く澄んでいる肌と青く澄んだ瞳をしていて、鼻筋がすっと通っていて美しい。

メイド、正しくは侍女らしいけど、ユリアつきのメイドがお茶を淹れてくれて、僕は湯気から漂う香りを楽しんだ。

とても心が落ち着く、いい香りだ。

「うふふ、美味しそうに飲みますね」

「実際に美味しいからね」

「ニーナの淹れてくれたお茶は飲みやすくて美味しいので、私も大好きです」

ユリアの後ろに控えていて、僕にお茶を淹れてくれた20代くらいの茶髪茶目のメイドはニーナというのか。

たしかにこのお茶は、心を落ち着かせる魔力でもあるかのような味だ。

「ニーナ、美味しいよ。ありがとう」

「恐縮にございます」

ニーナは僕に軽く会釈をする。控えめで侍女の鑑《かがみ》だね。

「さて、ユリアと僕の結婚式はサイドスで挙げることになるけど、いいかな?」

「私はすでにアイゼンの名を捨てた身です。ザック様がよいと仰る場所で構いません」

僕に気兼ねして自分を押し殺しているわけではない……よね？

ユリアの母はすでに他界しているため、他の元王族を参列させてもいいけど……。

元王族は数カ月前まで王族だったこともあって、なにかと高飛車《たかびしゃ》な物言いをしてくるため、カルモンたちがかなり怒っていた。

僕も、彼らにはいい感情を持っていない。

僕のことは簒奪者や謀反人と言っても構わないけど、彼らはユリアに対しても口撃する。自分たちは何もしなかったくせに、戦いを早く終わらせようと努力したユリアを口汚く罵倒するのは許せない。

思わず殺意を覚えてしまったので、あれ以来、僕は元王族たちに会っていない。彼らの代表としてユリアの兄で第五王子だったカールを領地のない侯爵に叙して、元王族の全てを引き取らせることにした。

ユリアは僕に身売りしたと、元王族たちに言われている。

カールは、そのユリアと良好な関係を築いている元王族で、自分の立場を理解している人物だ。たしか、僕より7歳年上だったはずだけど、もう少し年上に見える。多分、バカな親族のために苦労してきたんじゃないかな。

僕のそばに元王族を置いておくと、皆殺しにしてしまいそうだから、カールにお願いすることにしたんだ。カールもいい迷惑だと思うけど。

旧王都からサイドスへ到着した。

僕は急ピッチで城を築いている。創造魔法があるからなんとかなるけど、さすがにきつい。

今まではただの屋敷でよかったけれど、これからはサイドス王国の首都になるんだから、立派な城を築けとスーラに言われた。

そのスーラは、僕の横でマナポーションを持って、にまにましながら立っている。また、僕のお腹《なか》がたっぷんたっぷんになるまで、マナポーションを飲ませる気なんだろうな。

『気合が足りない！　もっとイメージを明確に！　魔力が枯渇したのか？　じゃあ、これを飲め！』

悪魔のような笑顔を浮かべたスーラが、僕の口にマナポーションを流し込んでくる。

そんな日が何日も続いて、僕はやっとサイドス城を築き上げた。

内装はアンジェリーナが手配してくれた職人に任せるけど、本気でこの何日かはきつかった。

そんなある日、僕はボルドン伯爵から反抗的な勢力を掃討したとの報告を受けた。

これを持って、僕は旧アイゼン国を平定したと国内外に宣言することにした。そして……。

「アバラス・カルモン・マナングラードを侯爵に叙すると共に、近衛騎士団長に任ずる」

「は、ありがたき幸せ」

論功行賞をサイドス城の謁見の間で行っている。

カルモンは褒賞《ほうしょう》を受けることを固辞していたが、カルモンが褒美を辞退してしまったら、誰が褒美をもらえるのかと説得したら、やっと了承してくれた。

「ゼルダ・エンデバーを伯爵に叙すると共に、軍務大臣に任ずる」

「ありがたき幸せにございます！」

カルモンが近衛騎士団長で、ゼルダは軍務大臣。

サイドス王国では、騎士団を置かない代わりに近衛騎士団を置くことにした。

近衛騎士団長は、サイドスの町とサイドス城の防衛を任務とする近衛騎士団の長であり、軍務大臣は、サイドス城とサイドスの町以外の国防を担うサイドス軍の長だ。

つまり、軍務大臣（サイドス王国軍）は、サイドスの町では一切の指揮権を持っていないことになる。


「ケリー・フーリガンを子爵に叙すると共に、サイドス王国軍第一軍の司令官に任ずる。階級は中将である」

「ザック・サイドス陛下に忠誠を！」


王国軍は第一軍から第六軍まであって、それぞれの兵員が1万5000人になる。総兵力は6つの軍団で9万人だ。

ケリーは、その第一軍の司令官に就任してもらうことにした。

本来であれば、ジャスカにも軍団を預けたかったんだけど、ジャスカは僕の許《もと》を去っていった。

僕と仲たがいしたわけではなく、ソルジャーギルドの剣王の椅子に空席ができたので、近々剣王選定戦が行われることになり、その剣王選定戦に出場するため、ジャスカはソルジャーギルドの総本部があるレンバルト帝国に向かったんだ。

彼女の夢は剣聖になることなので、ここで剣王の座に就いておきたいと言っていた。


今回、僕の家臣として爵位と国の役職をもらってくれたカルモンも、剣聖の座から身を退いた。

ソルジャーギルドでは、傭兵《ようへい》として一時的に国や貴族の下で働くのは問題ないが、特にS級以上の者が国や貴族に正式に仕えることは禁止されている。

ソルジャーギルドとしては、国や貴族の影響力を考慮して、そのような規約があるのだそうだ。

僕のためにカルモンが剣聖の座を退き、ジャスカは自身の夢のために僕の許を去った。でも、いつかジャスカは帰ってきてくれると、僕は信じている。

　武官たちの論功行賞が終わり、今度は文官の論功行賞に移る。

「アンジェリーナ・ザルファを伯爵に叙し、財務大臣に任じる」

「謹んでお受けいたします」


　アンジェリーナは、ロジスタの頃から財政状態を健全に保ってくれただけでなく、移民を受け入れて食料不足が深刻な問題になった時も冷静に対応してくれた。そのおかげで1人の餓死者も出さずに済んだ。

　それに、今回の戦いの補給もつつがなく行ってくれた。彼女以外にサイドス王国の財務大臣の適任者はいないだろう。

「ジェームズ・アッシエンを子爵に叙し、農林水産大臣に任じる」

「あ、ありがたき幸せにございます！」

　ジェームズは地味な印象だけど、ロジスタの時はもちろん、サイドスに移ってからも農地の開発に貢献してくれた。

　彼がいたから、サイドスの農林事業は円滑に進んだと僕は評価しているし、誰もそのことに異論はなかった。


　文官の論功行賞も終わって、今度は諸侯の番だ。

「ダンケル・ボッスを侯爵に叙し、サムラット領に領地替えとする」

「ありがたき幸せにございます」

　サムラット領は交易で栄えている土地で、これまではサムラット侯爵がその財力によって権勢を誇っていた。

ボッス伯爵の領地は内陸にあったので、侯爵になって海と交易拠点を得られたのは、とても大きいと思う。

他の諸侯にも領地を与えたり、陞爵《しょうしゃく》させたり、金銭を与えたりして論功行賞を終えた。

幸いなことに、潰した貴族たちが貯め込んだ金銀財宝や、領地を没収したことで、与える褒美に困ることはなかった。

また、この論功行賞を終えてすぐに僕は、サイドス王国の建国を正式に宣言した。

僕は成り上がった。虐げられていた男爵家の四男が、一国の王になったんだ。感無量だよ。

『おい、まさかこれくらいのことで、満足しているんじゃないだろうな?』

『え……?』

『いいか、俺の契約主なんだから、最低でもロドスを超えてもらうからな』

『ロドス帝を超えるって』

『最低でもこの大陸全土くらいは手に入れろ。四十代で国王になったロドスと違って、ザックは十代で一国の王になったんだ。そのていどの野心は持てよ』

『大陸の……王』

『ロドスが帝国の皇帝を名乗ったんだから、ザックは大陸の覇王くらい名乗らなくてどうする!』

『スーラは相変わらず、すごいことを言うね……。でも、その通りだと思う。成り上がってやると決めて努力してきたんだから、こんな小さな国で満足していてはいけないと気づいたよ。だからスーラの契約主として、恥ずかしくない実績を残すよ!』

『その意気だ! 俺がいるんだ、大陸の覇王にしてやるぜ!』

スーラの言葉は、大言壮語だとは思えない。それに言霊《ことだま》というのかな、スーラの言葉は僕に力を与えてくれる。

この旧アイゼン国だけで満足しそうになった僕を叱咤激励《しったげきれい》してくれるスーラがいれば、僕はもっと大きくなれると思う。

これからも努力して、僕はもっともっと成り上がってみせるぞ！

■■■■■■■■■■■■■■■

番外編　スーラの知り合い

■■■■■■■■■■■■■■■

ロジスタからこのサイドスに移封されて、半月が経過した。

サイドスという土地は、周囲を森、山、海に囲まれた陸の孤島のような場所で、モンスターが我が物顔で闊歩する場所だった。

そんな危険な土地だけど、領地の中央には大きな湖があって、その周囲を開墾すれば多くの穀物が生産できると思われる。


「殿、この場所に町を築きましょう」

創造魔法で創造したテーブルの上には、大雑把に描かれた地図が広げられていて、それを皆で囲んでいる。ゼルダが指さしたのは、海に近い平地だった。

東には深い森があり、北東にある山を挟んで北側も森、西には山があって、南には海があるんだけど、海岸は断崖絶壁になっているので、交易港どころか漁港にも使えない。

そんな海の近くに町を築くのかと、僕は不思議に思った。

「浜辺も港もない海の近くに町を築く理由は？」

僕が聞くと、ゼルダはにやりと笑った。嫌な予感がする。

「スーラ殿が、殿であればあの断崖絶壁に港を築けると仰っていましたので」

スーラか⁉

僕は椅子の背もたれに寄りかかって、スーラを見た。涼しい顔をしているが、絶対に面白がっているよね……。

「町の防壁を築いたら、港を築いてください。その後は、船を造っていただければと思います」

アンジェリーナまで……。皆、スーラに毒されていると思うんだ。

「分かったよ、やればいいんでしょ、やれば」

「はい！」

皆がいい笑顔だ。僕はマナポーションでお腹がたっぷんたっぷんになりながら、ロジスタークの防壁を築いた過去を思い出した。

思い出したら、なんだかお腹の具合が……。

翌日、僕の横ではスーラがマナポーションを持ちながら、いい笑顔をしている。

『もっと気合を入れてイメージを固めるんだ！』

現在、僕は町を囲む防壁を築いている。

スーラは、せっかくだから、お洒落な星型の防壁を築こうと言い出した。

なんでも、星型の城郭にすることで、防御力を上げることができると言うのだ。ゼルダはスーラの説明に何度も頷いていた。

でも、城郭というけど、中には城ではなく屋敷を築くことになっている。モンスター除けのマジックアイテムがあれば、モンスターの脅威はないと考えていいからだ。

だったら、星型の城郭も要らないのではと言ったら、城はなくてもいいが、城郭がないと民が不安になると言われてしまった。

そして、魔力を何度も枯渇させながら、僕は城郭を築いている……。


「殿、モンスターが接近していますので、遊撃してきます」

「うん、頼んだよ。カルモン」


カルモンは、兵を十数人引き連れてモンスター退治に向かった。

カルモンに任せておけば、モンスターは問題ない。僕はモンスターを気にせず城郭を築こう。


数日後、星型の城郭を築き終えた僕は、休む間もなく港を造る作業に入った。

「これ、落ちたら死ぬよね？」

崖の上から海を見下ろし、その絶景を眺めた。


この崖は、長い年月をかけて荒波に削られ、趣のある風景になっているはずだ。海のほうから見てみたかったな。


『崖を削って降りられるようにして、その後は防波堤を造るぞ』

『防波堤って、何？』


僕は海に関しては、何も知らない。

教育を受けていないというのもあるが、そもそも海というものを、これまで一度も見たことがなかったのだ。


『この崖の前には海しかないだろ』

『うん』

『こういう場合、波が威力を保ったまま崖にぶつかる』

『そうだね』

『港の前に防波堤を築くことで、港に向かう波が防波堤に当たり、その威力が弱まるんだよ』
そんなものなのか。
『とにかく、今はこの崖を港に変えろ』
『はいはい』
『はいは一回だ！　バカ者』
スイッチが入ったスーラは面倒臭い。

「殿――っ！」

「ん、リサか……？」

合法ロリとスーラに評されるリサ・ライヤーがこちらに……。

4本の丸太を井の字に組んで、その上には籠が置かれているんだけど、リサはその籠に入っていて、丸太をリサの部下たちが担いでいる。

今度はどんなプレイをしているの？


「ど、どうしたの？」

どうでもいいけど、リサの部下たちはなんで上半身裸なのかな？　しかも、全員筋肉もりもりのマッチョばかりだし……。

「ドラゴンですよ！　殿の大好きなドラゴンが出ました！」

「ドラゴン……？」

てか、僕はドラゴンが好きだなんて、一度も言ったことないよ。

「湖にドラゴンがいたんです！　殿、討伐しますよね!?」

「えーっと……」

「面白そうではありませんか。ドラゴンスレイヤーである殿の出番ですね！　リサさん、案内を！」

　僕が返事に困っていると、真面目秘書官モードのスーラが出しゃばってきた。

「こっちなのです！」

「え、僕、まだ崖を」

「そんなことより、ドラゴン退治のほうが重要です。ほら、いきますよ！」

　スーラに手を引かれて、無理やりドラゴン退治に向かうことになった。

「………」

　リサに案内された先に、ドラゴンはいなかった。いたのは、裸の少女で……20メートルほど先の小島から、こちらを見ている。

「えーっと、ドラゴンはどこ？」

「おかしいです。さっきはいたのです」

　さっきと言っても、すでに数時間は経過しているはずなので、ドラゴンだっていなくなるかもしれない。

　だけど、なぜここに裸の少女がいるのかな？

『おいザック。あいつがドラゴンだ』

『へ？』

『あの少女はアクアドラゴン。しかも知能があるエンシェントドラゴンだ』

『えーっと、どういうこと？』

『ドラゴンでも長い時を生きた奴は、エンシェントドラゴンっていう、知能のあるドラゴンになるんだ』

『知能のあるドラゴンってことは、話せば分かりあえるのかな？』

『その通りだ。もっとも、ドラゴンにも争いを好む奴と好まない奴がいるから、話してみないと分からないけどな』

『でも、ドラゴンがなぜ人間の姿に？』

『長く生きていると、人間に姿を変えることができるようになる場合もあるんだ』

あのドラゴンは戦いを好むのだろうか？　もし、話して分かる相手なら、戦わずに済むのだけど……。

僕とスーラが念話で話していたら、少女が僕たちのほうへ歩いてきた。

「み、水の上を歩いている⁉」

リサたちが驚いたように、少女は水の上を歩いてくる。あれはいったい、どんなからくりなんだろうか？

しかし、10歳くらいの少女が裸というのは、目のやり場に困ってしまう。


「………」

少女が岸に上がってきた。

ドラゴンなのに、妙に美しい歩き姿だ。

少女が僕の前……ではなく、僕の横に立っているスーラの前で止まった。

スーラと少女が見つめ合う。

すると、少女が跪《ひざまず》いた。

「我が君、お久しゅうございます」

「え、我が君？　スーラ、知り合い？」

スーラの目が点になっている。どうも知り合いではないようだ。

「私をお忘れですか？　幼き時に我が君に命を助けていただいた、ルメヌスでございます」

数秒の後、スーラが手をぽんと打った。

「あの時のアクアドラゴン!?」

「はい。我が君よりルメヌスの名をいただいた、アクアドラゴンでございます」

顔見知りだったようなのでリサたちは帰らせて、僕とスーラ、そしてルメヌスというアクアドラゴンだけが残った。

僕が創造魔法で造った小屋の中で、スーラがスライムの姿に戻ってテーブルの上に陣取った。

それとルメヌスには、僕が創造魔法で作った薄い青色のワンピースを着てもらっている。青い髪の毛のルメヌスに似合っていると思うんだ。

「お前、こんなところで何をしているんだ?」

「我が君がここに住めと仰ったのですが?」

これはスーラが悪い。完全にルメヌスのことを忘れていたし、ここに住めと言っておきながら、それさえも忘れている。

「そうだったか? お前と出逢《であ》ったのはかなり前だから忘れていたぞ、ははは」

「我が君に出逢ってから、かれこれ5000年ほどになりますでしょうか?」

「そんなになるか? 時々1000年くらい昼寝するから、忘れても仕方がないな!」

この2人の話を聞いていると、時間の感覚がおかしくなってくる。

そりゃぁ、スライムとドラゴンだから、人間の時間感覚を当てはめることはできないのかもしれないけど、1000年とか5000年ってどうなの?

「えーっと、僕はザックっていうんだけど、ルメ

ヌスって呼んでいいかな？」

「ザックからは我が君の力を感じます。我が君よりいただいた名を呼ぶことを、特別に許しましょう」

「ありがとう」


なんだかやりづらい。


「早速なんだけど、僕たちはこの地に住むことになったんだ。この湖にも人間が近づくと思うけど、大丈夫かな？」

湖はルメヌスの住処《すみか》なので、後からきた僕たちが勝手にしていいものではないと思う。

これは、話し合いができるドラゴンだからこう思うんだけど、基本的にモンスターは退治する対象なんだよね。

「湖を汚さないのであれば、魚を採ろうが、水を飲もうが咎《とが》めません」

「ありがとう。皆に水を汚さないように徹底させるよ」

「そんなことより、我が君」

ルメヌスは僕には関心がないようで、スーラと話がしたいみたいだ。

「なんだ？」

「今回は、どれほどここにおられるのですか？我が君の身の回りの世話は、このルメヌスがいたします」

「いつまでここにいるかは、分からないな。全てはザック次第だ」

ルメヌスが僕に鋭い視線を向けてくる。

「ザックとやら、我が君がいつまでもここにいられるように、取り計らいなさい」

「えーっと、善処します」

「我が君がこの地にいる限り、ザックの治める土地に恵みを約束しましょう」

「恵みって？」

「人間は穀物を栽培し、糧を得るのであろう？　私は豊穣《ほうじょう》を司る亜神でもある。全て私に任せるのだ」

「本当に!?　ありがとう！」

「その代わり、我が君のことを」

「うん。たまに離れることはあるかもしれないけど、長く離れないようにするよ！」


豊穣の亜神と思わぬところでお近づきになれた。おかげで、僕の領地の農作物は不作にならないみたいなので、とてもありがたくて嬉しい。

しかし、亜神のドラゴンに我が君と呼ばれるスーラって、何者なんだろうか？

相棒はスライム!?

My buddy is a SLIME!?

～最強の相棒を得た僕が最強の魔法を使って成り上がる～

登場キャラクター紹介

ザック・サイドス

(旧ザック・ロジスタ)(旧ザック・ケンドレー)

▼剣は7歳から独学で学んでいるが、魔力だけは異常に多い。そんなザックは知らず知らずに身体強化魔法を覚えていた。

▼祖父が他界してからは家族に虐げられていたが、その不遇の中でも成り上がろうと反骨精神を持って努力を続けていた。

▼スーラと契約することによって、スーラは右目に宿った。それにより、スーラが所持していた重力魔法と創造魔法を操ることができるようになる。

▼重力魔法は15倍まで可能、創造魔法はエリクサーなどの薬品、グラムなどの武器（魔剣）、船や城といった建造物を創造できる。やろうと思えば人まで創造できるが、人の創造は大きなリスクがあるらしい。

▼眷属はスーラ、アルタ、グラム。

▼配偶者はユリア。

011——アスタレス公国戦の戦功により
男爵位とロジスタ領を得る。

018——高純度ミスリルを献上して
子爵に昇爵。

020——言語理解の薬を献上して
伯爵に昇爵。

023——アスタレス公国の難民を
助けるために、勝手にアスタレス
公国へ向かい戦端を開いたため
サイドスへ領地替えさせられる。

025——伯爵位を剝奪されて
アイゼン国へ宣戦布告する。

031——サイドス王を名乗る。

スーラ

▼40センチくらいの栗のような形をした、可愛らしい目が2つと口がある黒いスライム。本人曰くパッチリお目々らしい。

▼重力魔法と創造魔法を操るが、それ以外にも多くのスキルを持っているらしい。

▼過去には大国のレンバルト帝国を建国したロドス帝もスーラと契約していたらしい。

▼かなり長い時間を生きてきたことが、言葉の端々で分かる。

▼出身国不明（すでに分かっていると思われるが……）。

▼いたずら好きで性格は明るいが、ザックを厳しく指導する。

アルタ

▼アルタイルホースというモンスター。

▼空を駆けることができる。

▼性格は温厚だが、戦場では敵を踏み潰す。

魔剣グラム

▼青い剣。140センチくらいのロングソード。

▼性格は好戦的。

カルモン

（本名はアバラス・カルモン・マナングラード）

▼ソルジャーギルドの剣聖の座に長く就いている。
▼ザックの祖父と親交があり、最後の頼みとしてザックのことを託された。
▼ザックより38歳年上だが、剣の腕は老いても健在。また、ザックの身体強化魔法によって老いが止まるどころか、若き頃の力を取り戻している。
▼サイドス王国の近衛騎士団長に就任する際に、ソルジャーギルドは脱退している。
▼ソルジャーギルドの記録では単独ドラゴン討伐を三度行っているとある。
▼三体目に討伐したドラゴンが名ありで、その名がカルモンだったことからカルモンという敬称で呼ばれるようになった。

クリット・アジャン

▼陽気な性格の老兵士。
▼カルモンの旧友で、ザックの祖父の旧友でもある。
▼ザックを陰から支え、ザックが国王になると褒美をもらって隠居した。

ジャスカ・マナングラード

▼カルモンの姪(妹の子)。S級ソルジャー。
▼閃光(せんこう)のジャスカと渾名がつくほど動きが速い。ただし、剣聖である伯父カルモンに勝てないのが悔しい。
▼容姿は褐色の肌でスレンダー。活発な印象を受ける。
▼ザックが国王になるとソルジャーギルドの剣王戦に出場するために、ザックの元を離れる。

ゼルダ・エンデバー

▼ザックより21歳年上。銀髪黒目。やや性格が悪い。
▼知将型武官でザックの相談役のような人物。ザックが国王になると軍務大臣に就任。

ケリー・フーリガン

▼ザックより18歳年上。
▼大柄の女性で濃い緑色の髪の毛を背中の真ん中まで伸ばしているグラマラスビューティー。A級ソルジャー並みの武力があり、指揮能力が高いためロジスタークを任されたり、部隊の指揮を任されることが多い。
▼ザックが国王になるとサイドス王国第一軍を任される。階級は中将。

リサ・ライヤー

▼ザックより5歳年上だが、容姿は幼女。スーラ曰く、合法ロリ。
▼水色の髪の毛を肩下まで伸ばした藍色の瞳の幼女。120センチと小柄。
▼常にケリーの副官として特殊な性癖の部下を率いている。
▼ザックが国王になると、魔術師団長に就任。

パロマ

▼ザックより9歳年上のルマンジャ族。
▼貴重な航空戦力であり、ザックの身体強化魔法の恩恵を受けてワイバーン以上の速度で飛べるようになる。
▼ザックが国王になると、軍務大臣直属の偵察部隊を任される。階級は准将。

レオン

▼ザックより36歳年上。獅子の獣人。金髪金目。身長2メートルの戦闘民族。
▼獣人難民の代表者だったが、サイドスでは獣人部隊を率いてモンスター狩りの主力を担っていた。
▼ザックが国王になると、王国軍第二軍を任される。階級は中将。

ザバル・バジーム

▼元剣王。カルモンに負けたのちすぐにソルジャーギルドは脱退している。

▼ザックより41歳年上。赤毛の無精髭。背は183センチで鍛え上げられた肉体が鎧の上からも分かる。
▼カルモンに片腕を切り落とされたが、ザックが創造魔法で創造したエリクサーによって、片腕は再生している。
▼ザックに恩義を感じ、忠誠を誓う。
▼ザックが国王になると、近衛騎士団の騎士長としてザックの身辺警護を行う。

アンジェリーナ・ザルファ

▼ザックより14歳年上。金髪セミロングのポニーテール。紫目。勝気。
▼ザックが貴族になった直後から財務担当として活躍。
▼ザックが国王になると、財務大臣に就任する。

ジェームズ・アッシェン

▼ザックの8歳年上。茶髪茶目。植物をこよなく愛する心優しき青年。
▼冴えない見た目だが、植物の知識は誰にも負けない。
▼ザックが国王になると、農林水産大臣に就任。

セシリー・イズミナス

▼ザックの3歳年上。淡いピンク髪のロングヘア。碧眼。紋章をこよなく愛する紋章官(紋章オタク)。
▼ザックの下でいろいろな雑務を行っていて、紋章官として活躍は少なかった。
▼ザックが国王になると、紋章を管轄する総務省の副大臣(紋章担当)に就任。

オスカー・エリム

▼年齢不詳(容姿は30代後半アラブ系)。黒髪碧眼。
▼変人奇人、マッドな人。1級錬金術師。
▼とにかく錬金術優先の生活をしていて、錬金術のためにモンスター狩りに同行することも多い。
▼ザックが国王になると、国家錬金術師に任

命される。

マッシュ・ムッシュ

▼ザックより49歳年上。茶髪のドレッドヘアー、茶目。
▼鍛冶師の親方でスミスギルドのスミスマスターをしているため、鍛冶師、大工、石工、鞍工、革工、山師を統括している。

ユリア・サイドス

（旧ユリア・アイゼン）
▼アイゼン国の第五王女として生まれる。ザックより2歳年上。
▼金色の髪の毛を腰まで伸ばし、透き通るような白い肌をした青い目の姫。
▼聖女と言われるほどの治癒魔法を操り、平民たちの治療を行っていた。
▼国王が病に倒れた時は地方へ赴いていて国王の状態を知らされることはなく、国王が他界して初めて知った。

ヘンドリック・ケンドレー

▼ケンドレー男爵家二代目当主。
▼ザックの父親。ザックの黒目を嫌って遠ざける。
▼ザックが国王になると、処刑される。

ウォルフ・ケンドレー

▼ザックの兄、ヘンドリックの三男でケンドレー家嫡男。
▼ザックが国王になると、処刑される。

ソリド・アムリス

▼アムリス侯爵家当主。金髪碧眼。中肉中背。
▼ザックが娘の婚約者だったが、婚約破棄する。
▼第四王子派だったため、国王殺害の罪で処刑。家も取り潰しになる。

ケリス・アムリス

▼アムリス侯爵家三女。ザックより1歳年下。金髪碧眼。

▼ザックの婚約者だったが、婚約を破棄した。高飛車な態度で婚約前からザックを蔑んでいた。
▼ザックが国王になると反乱軍に参加してスーラに捕縛される。
▼奴隷に落とされて鉱山へ送られるが、鉱山で力仕事などできるわけもなくケリスの役目は娼婦的なものであった。

ダンケル・ボッス

▼ボッス伯爵家当主。金髪碧眼。180センチ。がっちり体系。
▼ケンドレー男爵家の寄親。ただし、ザックに肩入れしてケンドレー男爵家との縁は切れる。
▼アイゼン国国王が他界するとユリアを擁して第三勢力になるが、勢力は小さくザック陣営へ入ることを決意。
▼ザックが国王になると侯爵に昇爵し、サムラット領へ領地替えになる。
▼領地持ちの貴族は領地名を家名にする決まりだが、サムラットは第四王子派の首領だったことで縁起が悪いと、領名をボッスに変更したいとザックに申し入れて受け入れられる。よって、家名に変更はない。

サブラス・グローム

▼グローム子爵家の当主。ザックより32歳年上。赤毛碧眼。大柄。
▼ボッス家の寄子。

キグナス・ログザ

▼ログザ騎士爵家当主。ザックより8歳年上。
▼ボッス伯爵子飼いの騎士爵。ボッス騎士団の副団長。
▼アスタレス公国が攻めてきた時、ザックと共に夜襲をして戦功を立てる。その後はボッス家の交渉役としてザックの元を何度か訪れている。
▼ボッス家が侯爵に昇爵すると、男爵に叙されて領地を得る。

ジーゼス・ケントレス

▼ケントレス侯爵家当主。ザックより14歳年上。
▼ザックとケリスの婚約を取りまとめたのは先代のケントレス侯爵。
▼ケリスが婚約破棄した時に動かなかったことに引け目を感じているようだ。
▼ザックが国王になると、領地を安堵される。

ゼムラス・キャムスカ

▼キャムスカ伯爵家当主。ザックより12歳年上。性格はケチという噂だが、実際は倹約家。
▼公国と結んで反乱を起こそうとしていた人物だが、ザックの活躍によってその企みは立ち消えになった。
▼ザックがサイドスへ移ると、ロジスタがモンスターに蹂躙されたため軍を出して防衛していた。
▼ザックが国王になると、領地を安堵される。

ハイマン・アムリッツァ

▼アムリッツァ子爵家当主。法衣貴族（宮廷貴族）。官僚。
▼ザックとの交渉役として何度もザックの元を訪れる。
▼ザックが国王になると、爵位を安堵されザックの下で官僚として働く。

アマリエ・サージャス

▼黒髪の女近衛騎士長。ザックよりも15歳年上。
▼黒髪ということもあってかなり苦労をし、ザック同様反骨精神によって自分を鍛えた人物。
▼第四王子のゴウヨーに仕えていたためザックと戦うことに。戦場でザックの5倍重力に絶えたことで、ザックに評価される。
▼ザックが国王になると、旅に出る。

サムラット侯爵

▼第四王子派の首領。妹が第四王子の母。

▼ザックが国王になると国王殺害の罪で処刑され、家は取り潰しになった。

ゴウヨー・アイゼン

▼アイゼン国第四王子。
▼サムラット侯爵を主とした最大派閥を率いていたが、ザックに敗れる。
▼父である国王の病の治療を行わなかったことで反逆の罪で処刑された。

マーヌン・アイゼン

▼アイゼン国王太子。
▼第四王子と国王の座を巡って争っていたが、ザックが参戦して敗れて逃げる。
▼父である国王の病の治療を行わなかったことで反逆の罪で指名手配される。

ゾード伯爵
トールム伯爵
ベリッツ伯爵
オスマン伯爵

▼第四王子派の重鎮たち。
▼国王を殺した反逆罪で処刑され、家は取り潰しになった。

ウインザー伯爵

▼内務大臣。
▼第四王子派で、ケストミア伯爵と共に侍医に国王の治療について指示した人物。
▼国王を殺した反逆罪で処刑され、家は取り潰しになった。

ケストミア伯爵

▼内務副大臣。
▼王太子派で、ウインザー伯爵と共に侍医に国王の治療について指示した人物。
▼国王を殺した反逆罪で処刑され、家は取り

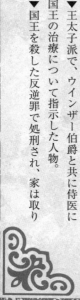

潰しになった。

ゴリアス・アッセンブルグ

▼アッセンブルグ侯爵家当主。ザックより14歳年上。国軍の中将。
▼第四王子派だったが真っすぐな性格だったので、宮中の権謀術数にはかかわっていない。
▼ザックに三度請われて家臣になって、第三軍を任されることに。

カール・アイゼン

▼旧アイゼン国の第五王子。ザックより7歳年上。
▼温和な性格でユリアとの仲は良好。元王族を引き取る。
▼苦労人のせいか、実年齢よりも年をとっているように見える。

アルフレッド・アスタレス

▼アスタレス公国の公太子。
▼ザックによって首を取られる。
▼ザックが成り上がるきっかけになった人物。

サンドレッド・アスタレス

▼アスタレス公国の第二公子。
▼アルフレッドが討死すると次期公太子の座を狙い、第三公子と勢力争いをする。

ホリス・アスタレス

▼アスタレス公国の第三公子。
▼アルフレッドが討死すると次期公太子の座を狙い、第二公子と勢力争いをする。

メリス・アスタレス

▼アスタレス公国の第五公子。
▼第二公子に助力していたが、獣人難民を追っていた時にザックに殺される。
▼ザックが「ロジスタの悪魔」と呼ばれるきっかけになった人物。

※「ロジスタの悪魔」はスーラが広めた。

あとがき

成り上がり。サクセスストーリー。アメリカンドリーム。いや、アメリカンはダメかな。

ザックの物語はこういった言葉に表されるような、サクセスストーリーです。スーラと出遭い、圧倒的な力をつけていく。その力を使って敵を薙ぎ倒し、弱い者を助けつつ成り上がっていく。単純明快な物語を書いているつもりの作者です。

最初はスーラの物語を書こうと思ったのですが、スーラを助演にしたほうがいいかなと思って書き直しました。そのおかげもあって、皆さんに受け入れられるストーリーになったのかなと、少しだけ思っています。

獣人が蔑まれている世界感ですが、全部の国がそういうわけではありません。ザックの所属している国では一部は差別意識が高く、隣国になるとさらに酷い差別を行っています。

獣人たちが奴隷として使い潰され、特権階級の人々は獣人を人間と思っていません。そういった残念な人々に手痛いダメージを与えるのが、ザックという人物です。

悪には苛烈に対処し、弱い者には慈愛を持っているザック。もちろん、これはザックの視点であり、考え方。読者様の受ける印象は違うかもしれません。

そのザックと契約して、圧倒的な力を与えたスーラ。どれだけの月日を生きたか分からないけど、800年前に大帝国を築いたロドスと契約していたのは確かなようで、そのスーラが言うには、ザックはロドスよりも賢い。だから、大陸の覇王になることもできるだろうと。

ザックは話半分でも凄いと思いつつ、覇道を進むことになります。最初はどん底から脱却するための成り上がり。次は惰性の成り上がり。そして、決意しての成り上がり。ザックの心の変化にも注目ください。

この『相棒はスライム』は、コミカライズされていますので、そちらから小説に来た方もいるでしょう。元々小説を読んでくださっている方、店頭やネット上でぐうぜん見つけて読んでくださった方もいると思います。色々な方に、面白いと言っていただけるように、これからも精進してまいります。

最後に読者様、編集者様、らむ屋様、その他スタッフの皆様に感謝の意を表してあとがきとさせていただきます。ありがとうございました。

なんじゃもんじゃ

相棒はスライム!?
～最強の相棒を得た僕が
最強の魔法を使って成り上がる～

2021年7月31日　第1刷発行

著者　なんじゃもんじゃ

イラスト　らむ屋

本書の内容は、小説投稿サイト「小説家になろう」(https://syosetu.com/)に掲載された作品を加筆修正して再構成したものです。
「小説家になろう」は㈱ヒナプロジェクトの登録商標です。

発行人　石原正康

発行元　株式会社 幻冬舎コミックス
〒151-0051　東京都渋谷区千駄ヶ谷4-9-7
電話 03(5411)6431(編集)

発売元　株式会社 幻冬舎
〒151-0051　東京都渋谷区千駄ヶ谷4-9-7
電話 03(5411)6222(営業)
振替 00120-8-767643

デザイン　土井敦史 (HIRO ISLAND)

本文フォーマットデザイン　山田知子 (chicols)

製版　株式会社 二葉企画

印刷・製本所　大日本印刷株式会社

ISBN978-4-344-84909-9 C0093 Printed in Japan
幻冬舎コミックスホームページ https://www.gentosha-comics.net